L'AÎNÉ
DES ORPHELINS

« Moi, Faustin Nsenghimana, je n'en ai plus pour long-temps. Ils viendront me tuer demain ou bien après-demain. Je m'en irai comme je suis venu au monde, sans un linge sur le corps et sans tapage inutile. Nous autres Nsenghimana n'avons pas pour habitude d'emmerder les autres. Très tôt, mon père Théoneste m'a appris à voir clair, c'est-à-dire à m'accommoder de tout. A Nyamata, tout le monde connaissait Théoneste. Vous pensez bien : c'était l'idiot du village ! Vous ne saurez jamais le bonheur que c'est d'être le fils d'un idiot. Vous vous distrayez de tout. Eh oui, j'ai continué à jouer au cerf-volant moi, même quand ils ont entouré les collines et qu'ils ont exhorté les gens à aiguiser les machettes et les couteaux.

"Pourquoi tout va si mal au Rwanda ? Parce qu'un malap-pris a déplacé le rocher sacré de la Kagera !" C'est le sorcier Funga qui disait ça. Ah, si seulement nous l'avions écouté ! »

Faustin Nsenghimana a quinze ans. Il est emprisonné pour meurtre et attend son exécution. L'adolescent a perdu son innocence depuis longtemps, depuis le jour où ses parents furent massacrés à coups de machettes, et où ses frères et sœurs disparurent…

Né le 21 juillet 1947 en Guinée, Tierno Monénembo s'est exilé en 1969 au Sénégal puis en Côte d'Ivoire avant de gagner la France, en 1973, pour poursuivre ses études. Après avoir présenté sa thèse de doctorat de biochimie à Lyon, il est nommé Docteur ès Sciences. Il est l'auteur de huit romans, tous parus aux éditions du Seuil, parmi lesquels Les Écailles du ciel *(1986),* Cinéma *(1997) et* Peuls *(2004).*

Les Crapauds-brousse
roman, 1979

Les Écailles du ciel
roman, 1986
Grand Prix de l'Afrique noire
Mention spéciale de la fondation L. S. Senghor
et « Points », n° P 343

Un rêve utile
roman, 1991

Un attiéké pour Elgass
roman, 1993

Pelourinho
roman, 1995

Cinéma
roman, 1997

Peuls
roman, 2004

Tierno Monénembo

L'AÎNÉ
DES ORPHELINS

ROMAN

Éditions du Seuil

TEXTE INTÉGRAL

ISBN 2-02-079834-4
(ISBN 2-02-041486-4, 1re publication)

© Éditions du Seuil, mai 2000

www.seuil.com

Si le génocide rwandais est irréfutable, les situations et les personnages de ce roman sont, eux, fictifs pour la plupart.

Ce roman s'inscrit dans le cadre de l'opération « Écrire par devoir de mémoire », conçue par l'association Arts et Médias d'Afrique et soutenue par la Fondation de France.
Son titre m'a été suggéré par un ami rwandais.

La douleur d'autrui est supportable.

Proverbe rwandais

On tue un homme, on est un assassin. On en tue des milliers, on est un conquérant. On les tue tous, on est un dieu.

Edmond Rostand

A la mémoire d'Issata,
Pour Clément,
pour Jean Mukimbiri,
pour le bon docteur Rufuku,
pour Alice, Valentine et Laetitia,
les trois tigresses de Kigali dont la beauté
et la force ont su repousser la mort.
Pour les Rwandais, Twas, Hutus ou Tutsis…
et vivants de préférence.

Je n'en veux pas au sort. J'en veux à Thaddée. Il ne me reste plus aucune chance : ils viendront me tuer demain ou bien après-demain. Même ceux qui ne croient pas en Dieu pardonnent avant de mourir. Mais Thaddée est impardonnable. Tous mes malheurs viennent de lui.

Thaddée, c'est mon cousin. Sa famille avait sa colline au-dessus du lac Bihira. A la saison des grandes pluies, que nous appelons *itumba*, j'avais l'habitude de l'y rejoindre pour chasser le rat palmiste et sculpter des jeux d'*igisoro* que nous allions vendre aux touristes. Quelques jours avant la chute de l'avion, j'avais reçu au marché hebdomadaire de Bugesera un message d'Oncle Sentama (depuis la dernière saignée, il habite de l'autre côté du lac Cyambwé, au pays appelé Tanzanie) : « Viens, fils de ma sœur, disait-il. J'ai besoin que l'on m'aide pour cultiver les patates et le taro. Comme ça, si tu as été poli et si tu as bien travaillé, je t'emmènerai en ville voir un film. Puis je te coudrai des habits neufs et je t'offrirai le vélo que je t'ai tant de fois promis quand j'aurai vendu mes pintades. » Mais il était là, Thaddée, avec son nez qui respire la malchance et ses grandes

oreilles qui entendent tout. « Bonne idée ! exulta-t-il.
Je t'accompagne. Comme ça, j'aurai aussi un vélo et je
reverrai Oncle Sentama. » Le messager était un de ces
marchands de bétail qui passent les frontières, en poussant leurs bœufs à travers la brousse. Il avait ordre de
m'emmener avec lui, le lendemain à l'aube. « Pas si
vite ! protesta Thaddée. Nous devons nous préparer. Si
l'on partait plutôt mardi ? C'est ce jour-là que Misago,
le gendarme, fait sa tournée. Nous profiterons de sa
Jeep jusqu'à Nyarubuyé. De là, nous nous joindrons
à un groupe de colporteurs pour passer la frontière en
toute quiétude. J'en parlerai à mon père. Misago ne
peut rien lui refuser. – Mardi, c'est trop loin, Oncle Sentama va s'impatienter ! » tentai-je de le raisonner. Mais
il était écrit au ciel que sa bouche aurait toujours le
dessus sur la mienne : « Rien que six jours ! Je t'assure
que ça vaut mieux ainsi. Allez, va faire tes adieux à
Oncle Théoneste et à Tante Axelle ! Rendez-vous mardi
matin de bonne heure près du grand kapokier. » Il me
fit un signe d'adieu et disparut sous les bambous. Quelqu'un m'aurait dit « ton cousin Thaddée, tu ne le rever-
ras plus jamais ! », je l'aurais traité de menteur. Pourtant, trois jours après, on abattait l'avion du président.
Et voilà les *avènements*.

*
* *

Je m'appelle Faustin, Faustin Nsenghimana. J'ai
quinze ans. Je suis dans une cellule de la prison centrale
de Kigali. J'attends d'être exécuté. Je vivais avec mes
parents au village de Nyamata quand les *avènements* ont

commencé. Quand je pense à cette époque-là, c'est toujours malgré moi. Mais, chaque fois que cela m'arrive, je me dis que je venais d'avoir dix ans pour rien.

*
* *

Selon le sorcier Funga, en quittant la terre, l'âme du président Habyarimana aurait maudit le Rwanda. Le sorcier Funga est un menteur. Il y a bien longtemps que le Rwanda est maudit. Et il le savait bien, d'ailleurs. Il n'était pas tendre avec le pays, même aux temps où tout avait l'air d'aller. Il en disait de mauvaises choses quand les hommes se réunissaient pour boire. « Le diable est partout ici ! clamait-il. Son feu est dans nos montagnes, sa cruauté dans nos cœurs. On ne sait jamais d'où ça vient mais, toutes les saisons, le sang jaillit de partout pour submerger les collines et les lacs. Nous, on veut bien une mer mais pas de cette couleur-là ! Pauvre Rwanda ! On dit que c'est le paradis ! C'est peut-être bien l'enfer ! » Il avait acquis beaucoup de considération dans le village pour avoir guéri le petit Gatoto de la folie et le cordonnier Musaré de l'impuissance. Malgré cela, je ne l'aimais pas beaucoup. On m'avait exhorté à adorer le Christ et à me méfier des sorciers. A l'église, c'est moi qui servais la messe. Le père Manolo m'avait appris à lire les saintes écritures et à dire des *Pater* pour me protéger des diables de païens de son espèce, qui hantaient encore le village cent ans après l'arrivée des Blancs ! Je tremblais malgré tout quand je le voyais manier ses crânes de tortue et ses cornes d'antilope. Maintenant que mon sort est scellé, rien ne me ferait trembler.

Sa case se trouvait à l'autre bout du village, au milieu des fougères et des acacias. Ma mère m'y envoyait parfois avec un bol de bananes cuites ou des œufs de pintade pour qu'il lui lise l'avenir. Il me suffit de fermer les yeux pour revoir comme si c'était réel la masure en question avec son toit en forme d'oignon et son mur grumeleux, en terre rouge. Le plus difficile, c'est d'imaginer encore Funga là-dedans. Peut-être parce que je l'avais reconnu parmi les réfugiés qui tentaient d'atteindre le Zaïre, ce jour où il m'offrit de la viande boucanée. Je ne me souviens plus où c'était : Muhazi, Rutongo, Kayonza ou quelque faubourg de Kigali ? Quand on s'est terré autant que je venais de le faire, impossible de se souvenir ! L'image n'était pas bien nette : trop de fantômes et de zones d'ombre autour de lui, et la nature renvoyait de telles couleurs qu'on se serait cru dans un autre monde. Mais c'était bien Funga, avec sa canne de rotin, ses pieds gercés, ses dents pointues, une besace en peau de panthère accrochée à l'épaule.

– Viens ! me dit-il. Là-bas, derrière la bananeraie !… Tu vois, il me reste du gibier boucané, du manioc et des arachides. Mange-moi ça sans te montrer ! Ils pourraient te manger, eux, la plupart n'ont rien avalé que leur salive depuis plus d'une semaine.

Je fis une bouchée de la nourriture qu'il m'offrait. Je repris mon souffle, la colonne s'était ébranlée vers les collines.

– Allez, viens ! me dit-il.

– J'attends mon père et ma mère.

– Oublie ton père, oublie ta mère ! Quand les choses sont ce qu'elles sont, on ne pense pas à son père, on ne pense pas à sa mère, on pense à sauver sa peau !

– Je n'irai pas sans eux.

– Je dirai que tu es des nôtres ! Ton père et ta mère… ne me dis pas que tu ne sais pas !

– A quoi bon partir ? Y a pas plus de lait ailleurs !

– Ici, les dieux n'ont plus de cœur. De l'autre côté du lac Kivu, il doit en rester, de la chance. Mais toi, tu ne m'écoutes jamais. Ce père blanc t'a pourri la tête. Tu ne crois plus aux pouvoirs de Funga, voilà ce qui te perdra. Pourquoi crois-tu que tu es toujours en vie ? Et pourquoi je suis là devant toi, indemne du choléra et sans égratignures ? Par hasard, n'est-ce pas ? Hi ! hi !

– Je sais où se trouvent mes parents. Ils se cachent dans une grotte du côté de Byumba, près de l'Ouganda. Va vers le sud, Funga, moi je dois remonter vers le nord !

– Le monde est devenu fou mais pas au point où tu l'es, toi. Personne ne se hasarde plus par là-bas, sauf les gorilles et les faiseurs de guerre. Encore une fois, viens avec moi ! C'est le groupe qui sauve : avant de t'atteindre, il faudrait déjà qu'ils exterminent ceux qui t'entourent. C'est mieux que quand tu es tout seul.

– Que je retrouve seulement mes parents et tout ira bien !

– Ne me fais pas pleurer, à mon âge, Faustin ! Crois-moi, y aura plus rien ici à part la cendre des volcans et les méfaits des hypocrites. Je l'avais dit devant le village tout entier : ce pays court à sa perte, c'est ce qu'ont voulu les dieux. Tout le monde m'avait rigolé au nez. Eh bien, qu'ils rigolent encore, s'ils le peuvent ! Je leur avais dit, vous verrez, bientôt le Ciel vous en montrera les signes. Et ça n'a pas tardé. D'abord, le père blanc qui meurt. Où ? Dans la cathédrale de Kabwayi ! En direct à la télé et sous les pieds du pape! Un an plus tôt, il y a eu une épidémie de méningite et il n'est pas mort. Sa voiture a fait une embardée sur la route de Ngenda lors de la fête des *intore** et il n'est pas mort. Non, il a attendu la visite du pape! Ce n'est pas un signe, ça, hum? Ensuite, l'Italienne qui se fait tuer devant sa propre maison. Tout le monde savait qu'elle allait mourir, personne n'a rien fait. Elle savait ce qui allait se passer. Elle avait appelé au secours sur la radio des Français, sur la radio des Américains, sur la radio des Hollandais, personne n'a rien fait. Un beau soir, les chiens sont venus, armés de machettes et de gourdins. Elle a tenté de fuir vers l'église. Ils l'ont rattrapée dans la cour. Ils l'ont tailladée de partout et ils l'ont abandonnée sur les graviers où elle s'est vidée de son sang sans que personne bouge. C'est pas un signe ça aussi, non?

– Je n'ai jamais douté de tes pouvoirs! Ce que je veux, c'est revoir mes parents!

– Encore! Non, je ne crois pas que tu aies perdu la tête, ce que tu veux, c'est te moquer de moi. En d'autres temps, je t'aurais rendu aveugle ou bien alors bossu. Mais ça ne vaut plus la peine: ce ne serait qu'une vétille au regard de ce qui nous arrive. Adieu, je dois rejoindre les autres!

– Ici, tout le monde connaît tes gris-gris et ta barbe. Mais là-bas…

– Écoute! Tu crois que c'est le tonnerre, ça? Non, ce sont des coups de fusil. Il paraît qu'ils vont se venger de tout. Et ils sont tout près d'ici, derrière les collines de l'est. Ils ne doivent attendre que la nuit pour venir.

---

* Danseurs traditionnels.

Sauve-toi pendant qu'il est temps ! Suis-moi, Faustin, ne joue pas au plus malin !... Ce n'est que le début ! C'est plus tard que les choses sérieuses vont commencer... Au fait, est-ce que je t'ai raconté la légende ?

– Un millier de fois, Funga : personne ne doit déplacer le rocher sacré de la Kagera ! Les Blancs qui savaient cela l'ont fait bouger exprès. Voilà pourquoi ils nous ont vaincus et voilà pourquoi les cataclysmes.

– Alors, promets-moi de le remettre un jour à sa place, le rocher de la Kagera !

Il partit. J'attendis un long moment avant de sortir de la bananeraie. La fatigue n'y était pour rien (passé un certain seuil, n'importe qui s'habitue à cet inconvénient-là), l'envie de réfléchir non plus (les *avènements* y pourvoyaient suffisamment) : je ne voulais pas voir Funga partir, je n'avais pas envie de pleurer. Je me rendais compte soudain qu'il était dorénavant tout ce qui me rattachait au monde. « Suis-le ! me dit une voix intérieure. Marche avec lui ! Partage ses repas d'écorces et de racines ! Succombez de la même diarrhée, s'il le faut, mais ne reste pas ici, tout seul ! » Je sortis précipitamment de la bananeraie mais ma course s'estompa près du flamboyant où, quelques instants plus tôt, la colonne s'était arrêtée pour se soulager. Je ne me sentais plus ni la force ni même l'envie d'aller plus loin. Je m'appuyai contre l'arbre et regardai avec la même puérile dissipation que quand j'allais au bar de la Fraternité suivre le journal télévisé. C'était une spirale géante qui enserrait dans ses boucles les bruyères, les bosquets, les papyrus des marais ainsi que les sommets des collines barrant l'horizon au sud. Ces hommes, ces enfants et ces femmes ne toussaient pas, ne parlaient pas, ne gémissaient pas. De si loin, je n'entendais ni le bruit de leurs pas ni le grincement des calebasses et des casseroles que, par instinct de survie, ils avaient réunies en hâte pour les porter sur la partie la moins endolorie de leur corps : sur la tête, aux épaules, sous les aisselles, sur les fesses. Cela me faisait penser aux films du bar de la Fraternité quand Augustine, la patronne, éteignait le son pour pouvoir téléphoner à son amant de Kigali. Funga clopinait à distance de cette colonne de fantômes. Il faisait penser à une perle détachée d'un interminable chapelet. Ses vieilles jambes peinaient visiblement à franchir les îlots de cailloutis et les terrasses de lianes mortes. Cela dit, il mettait beaucoup de détermination à s'appuyer sur sa canne de rotin. Il marchait droit devant lui, la tête baissée.

Ah Funga ! « Les jours n'ont rien à voir avec les hommes : chacun a son propre sang », disais-tu. Ce jour-là, l'avenir, tu ne le lisais plus dans les étoiles ni dans les crânes de tortue mais dans la crotte des fauves, mêlée à la boue.

*
* *

Ma cellule porte un numéro : le 14. Nous sommes une trentaine dans cet abominable réduit coincé entre le numéro 12 et le numéro 15. Ils sont incorrigibles, les hommes : ils tiennent à leurs vices et à leurs superstitions même au tréfonds de l'enfer. Ici aussi, on se méfie du numéro 13. Allez leur dire merci de penser à notre bonne fortune ! Bien que, là où nous sommes, il soit difficile d'être dupe. Au Club des Minimes, on n'a pas

20

une chance sur deux d'attraper une mycose, une tuber-
culose ou un coup de couteau au ventre. On l'attrape,
un point c'est tout, en général avant deux mois, et il
n'est pas rare que tout cela vous arrive dans la même
foutue semaine. Mais le monde est ainsi fait : on a
besoin de mettre les formes même pour vous anéantir.
D'ailleurs, pour éviter de s'emmêler dans les chiffres,
on a donné un nom des plus jolis à notre belle garçon-
nière : le Club des Minimes, sous le prétexte que c'est là
qu'on a entassé les dealers, les proxénètes, les auteurs
de parricide et les génocideurs dont l'âge court de sept
à dix-sept ans. Cela vaut mieux que le Quartier des
Jeunes Bannis ou le Bagne des Irrécupérables. C'est un
nom qui chante bien. Cela fait jardin d'enfants, école
de boy-scouts ou équipe de football. Au village, c'est
moi qui occupais le poste d'avant-centre. C'est moi qui
avais trouvé le nom de notre équipe. L'entraîneur voulait l'appeler le Tonnerre. Cela ne me plaisait pas (des
Tonnerre, y en a partout dans les stades d'Afrique,
même chez ces mangeurs de macabo de Yaoundé). Sur-
montant pour une fois mon horrible timidité, je bondis
des rangs et dis de ma voix frêle mais ce jour-là éton-
namment persuasive : « Appelons-la le Minime Système
de Nyamata, oh, s'il vous plaît, monsieur ! » Mes copains
autour de moi se payaient une franche rigolade. L'entraîneur hésita un peu en faisant rebondir distraitement le ballon puis il finit par céder : « Minime Système ? Pourquoi pas, Faustin ? Nous l'appellerons
Minime Système, mais alors il faudra faire pleuvoir les
buts ! » Le dimanche soir, au bar de la Fraternité, j'étais
fier quand j'entendis le speaker dire : « Pour finir, dans
la catégorie "minimes", notons l'écrasante victoire

(quatre buts à zéro!) du Minime Système de Nyamata contre le Volcan de Rusumo. Deux buts du petit Faustin Nsenghimana à lui tout seul. » C'est en prison qu'on se rend compte que les souvenirs servent à quelque chose. C'est à mes matchs de football que je dois d'avoir survécu jusqu'ici. C'est en y fixant mes pensées que je parviens à surmonter la peur et à trouver le sommeil. Agide, qui partage ma natte, a les couilles en compote. Quand la lumière du soleil arrive à percer les lézardes du mur, on peut voir ses boules qui flottent dans le pus et les vers blancs qui lui grouillent entre les jambes. On ne peut plus dire qu'il pleure ou qu'il gémit. Un bruit de bête sauvage sort tout seul de sa bouche pour de bon entrouverte. La journée, cela ne nous empêche pas de jouer aux cartes, d'échanger des mégots ou de nous menacer avec des couteaux, des tessons de bouteille ou des alènes de cordonnier. La nuit, ma foi, comme partout ailleurs, y a pas beaucoup d'animation si l'on exclut les faibles âmes qui se laissent tripoter par les caïds. Et comme on n'entend plus le bruit des voitures sur l'avenue de la Justice toute proche, les clameurs dans le couloir et les hurlements des jabirus (c'est le surnom des gardes, allez savoir pourquoi!), Agide remplace à lui seul tous les bruits de la journée. On aurait pu s'habituer, depuis le temps! Mais il y a encore quelques émotifs qui pestent, qui cognent contre le mur, qui traitent le pauvre Agide de tous les noms. Je me demande pourquoi une de ces brutes ne lui donne pas un coup de couteau pour l'achever une fois pour toutes. Cela aiderait tout le monde et d'abord Agide lui-même, plus près de sa tombe que de son berceau. Eh non, les gens sont scrupuleux vis-à-vis des mourants. Ce sont ceux qui pètent la santé, ceux qui sont pleins de forces qui les gênent. C'est sur ceux-là que l'on s'abat avec des injures et des matraques, que l'on étripe pour un rien et émascule pour vérifier si la lame de son couteau est vraiment bien aiguisée. Regardez ce pauvre Zimana ! Il est arrivé un beau jour avec sa gueule de beau cow-boy et ses habits presque parfaits (ils avaient encore leurs boutons et ne présentaient de trous que sous les aisselles). Il avait tout de suite impressionné, sauf Ayirwanda bien sûr. Les gens le regardaient et supputaient sur lui avec beaucoup d'audace et de fantaisie. On disait qu'il avait été soldat dans les FAR*, ou chasseur d'éléphant ou bandit de grand chemin. On l'aurait soustrait d'une prison surchargée du Nord pour éviter qu'il n'y fomente une mutinerie. C'est à ce moment-là qu'Ayirwanda se leva, donnant des coups de pied dans les corps étalés sur les nattes pour pouvoir se tenir debout :

– Soldat, chef de bande ! Et quoi d'autre, idiots ! Bien sûr, vos regards de nigauds et de lâches ne voient pas ce que moi, je vois : cet homme est un mouton, oui ! Je ne sais combien de mesures de haricots ou combien de mètres de percale la police lui a donnés, mais je sais qu'on l'a payé pour venir nous espionner. Y aurait-il parmi vous quelqu'un pour contredire cela ?... Eh bien, vous voyez que j'ai raison ! Zimana, n'ai-je pas raison ? Oui ou non, tu es mouchard doublé d'un fils de pute ?

D'habitude, quand Ayirwanda dit cela, les plus téméraires baissent la tête après un bref moment de bravoure et finissent par se soumettre. Mais ce jour-là, ce

* Forces armées rwandaises : l'armée du président Habyarimana.

fut différent. Zimana jeta le brin d'allumette avec lequel il se curait les dents. Il mit un temps fou à déboutonner sa chemise, à la plier – c'était sûrement de la soie ! –, avant de la déposer sur le rebord de la fenêtre. Il enjamba une dizaine de personnes, alla jusqu'au mur.

– Si tu es un homme, viens te battre, Ayirwanda ! Ils n'ont rien dans le ventre, ceux qui mordent et crient !... Allez, faites-nous de la place, vous autres ! Reculez jusqu'au mur !

Ils s'empoignèrent ! Ce fut si fougueux, si subit, que nous nous mîmes tous à taper aux grillages pour appeler les jabirus. Ceux-ci ouvrirent la porte pour nous laisser gagner le couloir, mais ils se gardèrent bien d'intervenir entre les deux belligérants. S'apercevant que le combat tournait en sa défaveur, Ayirwanda se précipita vers le trou où il avait l'habitude de cacher son haschisch et ses provisions de banane. Il en ressortit un poing américain. Mais Zimana, qui était aussi agile que rusé, avait prévu le coup. Il se tourna vers le mur, déplaça une brique et sortit le couteau le plus long et le plus luisant.

– Avance, menaça-t-il, et je te loge ceci dans le ventre !

Ayirwanda n'osa pas. Il remit son poing américain dans le trou, alla s'asseoir à l'autre bout de la pièce pour reprendre son souffle, perdant du coup son prestige et son influence. Le chef des jabirus, qui jusqu'ici semblait comme les autres jouir du spectacle, imposa le silence, fustigea les uns et les autres avant d'annoncer sa sentence :

– Pour tout le monde, obstruction de la fenêtre pendant une dizaine de jours, plus, si je reprends quelqu'un en train de pisser en dehors du seau hygiénique. Deux jours de diète pour les belligérants, plus si, entre-temps, la moindre bagarre éclate dans la chambrée ! Maintenant, chacun à sa place, et que j'entende les mouches voler !

Trois jours plus tard, on retrouva Zimana égorgé près de la buanderie. Le règne d'Ayirwanda aurait pris fin, sinon.

*
* *

Il y a maintenant trois ans que je suis là, dans la prison centrale de Kigali, à subir le cri diabolique d'Agide, la terreur d'Ayirwanda et les sautes d'humeur des uns et des autres. Trois ans, c'est une bonne moyenne de longévité par ici ! Et la vie, c'est pas que ce soit indispensable mais on se surprend à la défendre même quand on n'en a plus pour longtemps. C'est ce que j'ai constaté ces cinq dernières années. Avant le Club des Minimes, il m'était arrivé plein de broutilles, même quand la vie était redevenue normale, pour parler comme les désœuvrés du marché central. Je me disais que c'était un simple coup du sort, un cauchemar, que cela allait bientôt finir. Eh bien, ce n'est toujours pas fini ! Et pourtant, j'ai bien cru que c'était la fin quand ils m'ont enlevé les menottes, les lacets et la ceinture pour me jeter dans ce caveau où la nuit succède à la nuit et l'odeur des plaies à celle, familière, de la mort. Ici, me suis-je dit en entrant, pas besoin de se suicider. Il n'y a qu'à se coucher et attendre que ça se passe.

Le lendemain de mon arrivée, je remarquai que tout le monde me fixait des yeux, en se poussant les coudes dans les côtes et en rigolant perfidement.

– Alors, qu'est-ce que tu attends ? me demanda Ayirwanda avec toute la pointe de férocité qu'il savait mettre dans sa voix, aux moments les plus ultimes.

– Quoi, qu'est-ce que j'attends ?

– Vous avez vu, hein, vous autres, je n'invente pas !

– Le seau hygiénique, pardi ! s'exclama Matata, jamais aussi heureux que quand il joue aux sous-fifres.

– Ce n'est pas mon jour, le jabiru m'a expliqué.

– Ah, ce n'est pas son jour ! se moqua-t-on d'un coin à l'autre de la pièce.

– Écoute, petit ! dit Matata. Quand on est nouveau, c'est une semaine de corvée, histoire de payer son entrée, quoi !

– Je refuse de faire ça, je vais me plaindre aux jabirus.

– Oui, oui, il va se plaindre ! reprirent les quolibets.

Je n'aurais jamais dû dire ça. D'abord, me plaindre à quel jabiru (il y en avait bien une centaine entre les quatre ailes du bâtiment central, les annexes où se trouvent les femmes et les abris de fortune installés dans la cour pour recevoir les nouveaux venus) ? Soudain, je les vis tous se lever, taper dans leurs écuelles et dans leurs mains et improviser des chansons bruyantes, pleines de morgue. Je compris : ils faisaient ça pour tromper la vigilance des jabirus. Ayirwanda s'avança vers moi avec son gourdin et son poing américain. Je crus que mon œil s'était détaché de mon orbite et que mes côtes étaient parties en morceaux. Je refusai néanmoins de vider le seau hygiénique sans que ce soit mon tour et de me soumettre à ses caprices sexuels. Les autres me prenaient pour un orgueilleux, moi je trouvais simplement que j'avais raison. Les yeux des plus lâches luisaient d'admiration pour moi. Cela me flattait, bien que je sache que je ne résisterais pas longtemps. Personne n'avait tenu tête à Ayirwanda, ce n'était pas un petit bout d'homme comme moi qui allait commencer ! Aujourd'hui, c'est différent : condamné à mort, je suis devenu un homme, j'ai volé la vedette à Ayirwanda. Comme on dit à l'école : j'ai sauté plusieurs classes. D'abord, les petites frappes du marché central, ensuite directement les caïds du Club des Minimes et, ma foi, bientôt le peloton d'exécution ! Je ne pensais pas arriver si haut. J'étais persuadé de succomber dès les premières semaines, au mieux de devenir l'esclave d'Ayirwanda, comme le petit Misago qui lui lave ses hardes, lui chipe de la drogue dans le couloir des adultes et s'occupe de sa pine rongée par la mycose et les morpions. Du fond de mon âme, une voix me disait alors : « Tiens bon, fils de Théoneste ! Encore un ou deux jours et tu auras bel et bien crevé ! Les morts ne souffrent pas, ils se reposent d'avoir vécu. » C'était peut-être la voix du sorcier Funga. Funga est tout ce qui me reste, maintenant qu'il n'y a plus rien, ni la maison où je suis né ni le fronton de l'église. Je ne dois plus douter de lui : ce sont ses gris-gris qui me protègent. Comment expliquer sinon que Claudine soit venue me chercher jusqu'ici ?

A vrai dire, Claudine, je l'avais complètement oubliée. C'est le genre de personne qu'il vaut mieux oublier. Elle vous aborde en souriant et avec un tel naturel que, au début, vous croyez qu'elle se moque de vous. Puis vous vous rendez compte que non, des gens comme elle, cela existe bel et bien. Vous lui en voulez presque d'être si bonne, si différente des autres. Vous vous gavez de ses boulettes de viande et de ses raves de manioc, vous remplissez vos poches de ses stylos-bille et de ses pièces de monnaie, résultat : vous lui en gardez plus de ressentiment que de reconnaissance. Vous en arrivez à souhaiter qu'elle crève, elle aussi, une bonne fois pour toutes. Pourquoi diable s'est-elle intéressée à moi ? Je ne suis après tout ni son mari, ni son amant, ni son mac ! Pour me faire du bien, disait-elle. Justement, j'ai toujours trouvé suspects les gens qui me veulent du bien. Alors, plusieurs fois, j'ai fugué. Elle me cherchait sous les étalages du marché central ? J'allais me cacher derrière le monument de la place de la République, dans les entrepôts du Grec ou dans les vestiaires du stade de Nyamirambo. La garce, elle finissait toujours par me retrouver. Elle me palpait, elle me grondait devant les sourires narquois des potes, comme si elle était ma mère. Je baissais la tête, submergé de honte. Elle baissait la sienne aussi pour me caresser les cheveux et le front. Je sentais l'odeur de son parfum et le souffle de sa respiration qui faisait bouger ses seins que, sous la dentelle du soutien-gorge, j'imaginais fermes et bien ronds... Attention, madame, je ne suis plus ce que vous croyez ! Demandez donc à Gabrielle, à Séverine, à Alphonsine ! Je les ai toutes culbutées ! De tous les potes, je suis celui qui a la chose la plus longue. Quand je me mets vraiment en tension, elle dépasse la longueur d'une grande cuillère à soupe et elle emplit ma main quand je me fais plaisir devant les vendeuses de bière de banane. J'aimerais tant te monter dans un vrai lit de fer avec une moustiquaire de gaze et des oreillers fleuris, vu ton rang social, mais ça, je n'ose pas te le dire. Tu m'intrigues, tu m'intimides, c'est tout ce que tu sais faire au petit gars de Théoneste. Pour les autres femmes, je suis un vrai mec ; toi, tu me prends pour un gamin comme si j'en étais encore un !...

Comme ça, un beau jour, alors que j'avais décidé de chasser de ma petite tête les idées anciennes et les vieux sentiments, le haut-parleur émit son horrible grésillement. J'entendis des voix répéter les unes après les autres, du couloir des condamnés à mort aux guérites des jabirus : « Faustin ! Faustin ! Faustin Nsenghimana ! On demande un certain Faustin Nsenghimana ! » Dehors, il pleuvait, la chaleur était étouffante, on avait ouvert les portes afin de permettre à ceux qui en avaient la force de flâner dans les couloirs pour se rafraîchir un peu. Il y avait bien longtemps que personne ne m'avait appelé. On se souvenait encore de moi : cela me remplit de joie. Je bondis d'où j'étais assis et me laissai porter par la marée humaine. Je me retrouvai bientôt devant le bureau du directeur sans avoir eu le temps de réaliser ce qui m'arrivait. J'avais couru avant tout pour la sonorité de mon nom – c'est si important un nom, ça, au moins, personne ne pourra jamais vous l'enlever ! –, je ne m'étais pas demandé pourquoi on m'avait appelé.

– D'abord, enlève les mains de tes poches, saloperie ! hurla le planton. Oui ou non, c'est toi, Faustin Nsenghimana ?

– Oui, chef, c'est personne d'autre, c'est moi !

– Alors, entre ici !

Elle était assise, le dos tourné à la porte. Elle causait avec le directeur.

– Ce n'est pas moi qui ai introduit dans la cellule ce pistolet à grenaille, je vous jure, monsieur le directeur, bredouillai-je.

29

J'avais beau réfléchir, je ne voyais pas d'autre raison à cette convocation.

Elle fit pivoter sa chaise. Le face-à-face fut brusque, inattendu. Je pris mes jambes à mon cou. J'aurais certainement atteint la cour si je n'avais été arrêté par le planton dans le vestibule.

– Alors, fit-elle en s'approchant de moi, tu ne m'as pas reconnue ou bien tu veux me fuir ? Tu n'as pas beaucoup changé ! Je croyais te trouver en plus mauvais état.

– On fait ce qu'on peut pour les tenir en forme, mademoiselle Karemera, mais, voyez vous-même, il faudrait en loger sur les toits pour dégager un peu ! Question nourriture, nous faisons ce que nous pouvons, et puis il y a la visite du vendredi pour augmenter la ration... Enfin, pour ceux qui ont encore une famille. Ce n'est pas la sinécure, croyez-moi ! Et bien sûr, je parle pour nous, administration ! Grâce à des gens comme vous, il en reste encore à l'air libre, mais pour combien de temps ?

Absorbée par mes guenilles et ma crasse, elle n'avait pas fait attention aux paroles du directeur. Elle se voila un instant le visage – voulait-elle s'empêcher de pleurer ou se protéger de ma puanteur ? Quand elle retira sa main, elle arborait ce sourire juvénile qui la rendait si follement désirable.

– J'étais en Ouganda ! Je serais venue plus tôt sinon, tu t'en doutes bien.

– Je vais vous laisser mon bureau. Depuis le génocide, le mot « parloir » ne veut plus rien dire, ici : les avocats et les familles s'entassent où ils peuvent pour parler avec les détenus. Surtout, prenez tout votre temps !

On m'apporta une vieille caisse et je m'assis à côté

d'elle. Je regardai les toiles d'araignée du plafond et laissai volontiers s'envoler mes pensées pendant qu'elle parlait de sa voix douce, légèrement enrouée.

L'Ouganda, bien sûr ! C'est là, me confia-t-elle un jour, qu'elle était née. Lors de la première saignée, en 1959, ses parents s'y étaient réfugiés en fuyant à travers la brousse. Sa mère, enceinte d'elle, avait accouché à la frontière, deux mois avant terme.

« Je comprends pourquoi vous parlez le kinyarwanda avec un accent anglais. »

Elle était offusquée que je dise cela.

« Un accent anglais ! Je n'ai fait que naître là-bas. Mon âme, elle est d'ici ! D'ailleurs, très tôt, mes parents ont veillé à ce que je sache tout : la langue, la danse des *intore*, le jeu de l'*igisoro* et les haricots au beurre rance. »

Je m'en foutais éperdument, mais cela non plus je n'osais pas le lui dire. Je la laissais évoquer les gorilles, les lacs, les collines, les acacias. Elle donnait un véritable cours sur la nature quand la nostalgie lui montait à la tête.

« Pourquoi en est-on arrivé là ? »

L'horrible et inévitable question ! Je crois qu'elle me l'a posée chaque fois que nous nous sommes rencontrés : sur le perron de la poste, sur le trottoir de la rue de la Récolte et sur les terrains vagues bordant la prison (je ne savais pas alors que j'y séjournerais, un jour). Je me souviens que, excédé, je lui avais répondu, une fois :

« Ben, parce que nous aimons ça ! C'est pas la première fois, que je sache !

– Tu es trop dur pour ton âge ! Essaie de parler autrement ! Ne t'oblige pas à ressembler aux autres. Si vous vous laissez tous aller, qui fera le Rwanda ?

– Le Rwanda, je m'en fous ! On m'aurait demandé, je serais né ailleurs.

– Dis pas ça ! Tu verras, on finira par retrouver tes parents – ils sont bien encore en vie, hein, tu m'as dit ? – et, de nouveau, tu vivras dans une vraie maison. En attendant, si tu retournais à la Cité des Anges bleus ?... »

Voilà le genre de propos qui rythmaient notre vie. Aucune raison que cela change en prison ! Une chose me réconfortait, cependant ; je savais qu'ici elle n'aurait plus à me dire : « Et si tu retournais à la Cité des Anges bleus ? » Les mots les plus épouvantables jamais sortis de sa bouche ! Et comme, de toute façon, j'avais décidé de ne pas l'écouter ! Concentré de toutes mes forces sur mes sinistres toiles d'araignée, je la laissais supputer à sa guise sur l'âme insondable des êtres humains et sur les durs aléas de la vie, mais, au bout d'un long moment, une phrase attira mon attention :

– Sembé est mort. Cela s'est passé hier à l'hôpital de l'Espoir. Tu savais qu'il avait le sida, toi ? Le sida à quatorze ans, où va ce pays ?

Si elle n'avait pas été là, j'aurais cogné. Le directeur, le planton, ce géant de jabiru que l'on appelle Cerbère, j'aurais cogné ! Sembé, je n'oublierai jamais ses jambes cagneuses et ses petites dents de souris, pointues et si espacées qu'on aurait pu mettre une mine de crayon entre la canine et l'incisive ! Je l'avais rencontré devant la librairie Caritas. Il était assis sur la latérite du trottoir, les jambes pendouillant par-dessus le fossé, un maigre baluchon posé sur les cuisses. Je ne me souviens plus de ce qu'il avait à la bouche : un cure-dent ou un petit bout de manioc ? Lui aussi, je l'avais tout de suite rudoyé (autant que l'ennemi sache dès le début

que vous avez de quoi mordre au cas où…!), la première fois qu'on s'était vus. Et voilà qu'il arrondit le
dos, mon petit rat, posa sa poitrine sur son baluchon et
tourna vers moi ses petits yeux énormément saillants
qui n'ont jamais connu la peur.

– Tu as grandi pour rien, toi !

– C'est-à-dire ?

– Et si j'avais un revolver ?

– Que tu aurais acheté avec tes poux ? Même chez les
receleurs de la rue de La Récolte, c'est dix mille au bas
mot, un pistolet à grenaille.

– Un pistolet à grenaille, ça ne tue pas forcément. Un
poing américain, un couteau à cran d'arrêt ou une
alène de cordonnier peut très bien suffire.

– Arrête de crâner ou je te jette sous une voiture !

– Tu ne me crois pas, hein ?

– Non, je ne te crois pas. Avec l'air que tu as, personne ne te croira jamais, même si tu dis que tu as la
force d'écraser une punaise. Allez, adieu, moustique !

Il me suivit sans hésiter quand je descendis la rue et
ne me quitta plus jusqu'au jour où la police décida de
me traquer. Je lui trouvai une paillasse et un morceau
de vieille bâche ainsi qu'un espace à peu près sec dans
les hangars du marché. Il laissa passer plusieurs jours
avant de déballer son baluchon : il avait bien une arme,
ce fou ! Elle nous servira plus tard à dévaliser le café
Impala. C'est lui qui visa le barman pendant que je
m'occupais de la caisse. Je ne sais pas quel air avaient
ses yeux à ce moment-là puisque nous étions tous les
deux masqués mais à voir la façon dont ses deux petites
mains s'agrippaient sur l'arme, je savais qu'il aurait
tiré sans hésiter. Pauvre Sembé ! C'est moi qui lui avais

suggéré d'aller voir Mukazano la Folle puisque aucune femme ne voulait de lui. Gentil, sans aucun doute, mais franchement pas beau le gars ! Mais avec Mukazano, cela ne pouvait que marcher. Elle était tellement dingue qu'elle le faisait avec n'importe qui sans même s'en rendre compte : les ivrognes, les portefaix, les camionneurs de passage. Dire que je croyais faire son bonheur, à ce pauvre Sembé !

J'essayais de m'imaginer son cadavre sans y parvenir pendant qu'elle continuait de radoter. Elle en était maintenant au pathétique couplet des enfants séropositifs, ce qui mène forcément aux femmes victimes de viols et, de fil en aiguille, au martyr du Christ, à l'injustice faite aux impotents et à la triste solitude des gorilles sur le mont Karisimbi. Ouf, elle ajusta enfin son foulard, arrangea ses nombreux bracelets et tira la fermeture Éclair de son sac à main, autant de gestes qui, depuis que je la connais, voulaient dire qu'elle se préparait à partir. Elle soupira longuement avant de se lever :

– Il n'y aura jamais assez de magistrats sur la terre pour juger tout ce monde ! Je ne peux rien faire tant que ton dossier n'aura pas atteint le bureau du juge. Mais j'ai parlé avec le directeur : il m'a promis de veiller sur toi. Je lui ai confié dix mille pour tes petits frais. Je reviendrai, je ne sais pas quand… Dans quinze jours, dans un mois peut-être.

Cela avait l'air d'un conte de Noël et pourtant, tout se révéla vrai. Maintenant, je pouvais m'acheter des cigarettes, de la colle, du pain et du savon. Je pouvais même me payer les revues porno que ce gars du quartier des condamnés à mort que l'on appelait Big Man louait pour deux cents avec la complicité des jabirus. Une vraie vie

de nabab, comparé au populo du Club des Minimes !
Mais ce n'était pas tout. Le directeur se déplaça lui-
même pour m'investir dans mon nouveau statut. Il
ordonna à Ayirwanda de veiller sur ma quiétude et ma
santé sous peine de finir ses jours dans le souterrain qui
servait de cachot. Voilà comment je fus dispensé de la
corvée du seau hygiénique et gagnai le respect de mes
semblables ainsi qu'une bonne louche de haricots sup-
plémentaire au repas unique servi les après-midi.

Devrais-je pour autant lui dire merci ? Certainement
pas ! Si elle le fait, c'est qu'elle a ses raisons. Moi, je ne
lui ai rien demandé... Et si jamais, madame, j'avais une
doléance à faire, elle serait, je vous assure, d'une tout
autre nature !... Elle m'avait embrassé en partant sans
faire attention à mon odeur. Comme si les jabirus
avaient deviné, ils m'avaient laissé la regarder partir
avant de me bousculer vers mes appartements. Ses seins
étaient plus gros, plus dignes d'être palpés et mordillés
que la dernière fois. Elle portait un pagne couleur chair
qui se fondait dans son teint et collait si bien à sa
croupe que, chaque fois qu'elle faisait un pas, j'avais
l'impression qu'elle était nue et que c'était la peau de
ses augustes fesses qui frémissait devant moi. Je réalisai
pour la première fois que cela faisait trois ans.

Trois ans que je n'avais pas baisé !

*
* *

Après m'être enfui de mon village natal de Nyamata,
je comptais rejoindre les grottes de Byumba, pour
retrouver mes parents, quand je rencontrai le sorcier

Funga sous un flamboyant. Mais je n'eus pas le courage de poursuivre mon chemin. A vrai dire, je n'en voyais plus la nécessité. Mes parents y étaient-ils encore, sur cette lointaine terre de Byumba ? Cela devenait de moins en moins sûr à voir le rythme auquel s'était mis à bouger le monde. Je voyais les colonnes de réfugiés défiler à travers les hibiscus et les bananiers. Des collines de l'est, le bruit des canons se faisait plus intense, plus ordinaire. Les gens ne pressaient pas le pas pour autant. Ils allaient au même rythme, saisis dans le même silence glacial qui s'impose aux prières et aux processions. Ils passaient comme s'ils revenaient d'une épuisante journée de labour – ou comme s'ils se rendaient à la cour vénérable de Dieu pour ce jugement dernier avec lequel le père Manolo savait si bien nous faire frémir dans les travées de l'église – sans se retourner et sans m'adresser la parole. Je somnolais quand un convoi dépassait les fougères et les bruyères de l'étang et me réveillais quand un autre débouchait des champs de sisal et de sorgho. J'avais l'impression que les collines aussi avançaient et que les cailloux et les arbres bougeaient tout seuls. Je rigolai un instant en pensant à l'histoire de l'ivrogne qui attend sur le trottoir que sa maison arrive jusqu'à lui, que nous racontait l'entraîneur de football. Cette bonne ville de Byumba finira bien par passer ici, à moins qu'elle n'ait déjà atteint le Burundi !

Avant de partir, Funga avait fourré dans mes poches une poignée d'arachides. Mais rien ne permet de dire que c'est elle qui m'a aidé à survivre la ou les semaines qui suivirent. Cela pouvait aussi bien être mes sommeils involontaires, mes comas momentanés que les monticules de cuisses de poulet et de bananes cuites qui me venaient en rêve. Le père Manolo avait raison : « Ne croyez pas, bande d'idiots, que le bon Dieu, il vous fait vivre pour votre plaisir à vous ! Il peut autant vous rappeler à lui dans les moments où vous baignez dans le bonheur et la santé que vous forcer à exister au milieu des charbons ardents. Cela dépend de son bon plaisir à lui ! »

Puis vint un jour où mes pensées furent plus claires et mon regard moins halluciné. Je sentis une présence : peut-être un veau égaré, un rat de Gambie un peu hardi ou alors une musaraigne. Un garçon à peine plus haut que moi, habillé en soldat, me braquait de sa mitraillette. Un soldat du FPR* !

– C'est pas trop tôt ! On ne sait plus depuis quand on attend votre arrivée ! Merci quand même d'être venu nous sauver !

Il me fourra un coup de pied dans les côtes et se mit à me parler d'une voix calme, presque douce, mais articulant de façon à ce que je comprenne bien qu'il n'était pas disposé à discuter.

– Toi, tu dois te taire, génocideur ! C'est à moi de parler ! Tu réponds seulement quand je te pose une question. Debout ! Vide tes poches, noue tes mains sur la tête !

– Oui, monsieur ! Oui !

Monsieur ! Je l'avais bien appelé « monsieur » ! Et je l'avais dit en tremblant ! C'était bien la preuve que rien n'est jamais sûr en ce foutu monde ! Je croyais avoir épuisé mes réserves de timidité et de frousse. Eh bien, non, la frousse (la cupidité aussi, hélas !), il en restera

* Front patriotique rwandais : l'armée des rebelles tutsis (aujourd'hui au pouvoir).

toujours aux êtres humains tant qu'ils ne seront pas passés par la main du fossoyeur. Il me jeta son paquetage et se fit plus menaçant :

– Porte ça sur la tête et avance sans te gratter et sans regarder ailleurs que là où tes pieds peuvent se poser !

Rien ne disait qu'il me battrait à la lutte. S'il me dépassait par la taille, je me sentais plus solide aux biceps et aux hanches. Il me semblait que nous avions le même âge. Je fis néanmoins exactement selon ses ordres. Ah si mon père m'avait vu, lui qui me rappelait sans cesse les deux situations les plus honteuses qui puissent arriver à un jeune homme de mon âge : faire pipi au lit et se laisser dicter sa conduite par son égal ! « Ne fais pas dire aux langues d'aspic que le lait de ta mère vaut moins que celui des autres ! Houn ? » grondait-il quand ma bravoure commençait à pâlir dans les matches de lutte. La mitraillette pointée dans mon dos n'expliquait pas tout. Ce jeune me surpassait sur tous les points. Il était plus mûr que moi. Sa manière d'examiner les blessés qui agonisaient dans les fossés et les cadavres en putréfaction qui barbotaient dans les rizières m'indiquait que j'avais affaire à un *grand frère*, fût-on né le même jour. La vie lui avait appris plus qu'elle ne l'avait fait pour moi. Il était imberbe comme moi mais son âme avait plus de poils. Me revint à l'esprit le fameux mot de mon père : « La barbe n'est pas tout, non ! S'il en était ainsi, le bouc serait le plus sage du village ! » En deux jours de marche, je ne l'avais vu ni soupirer ni manger ni boire. Alors que moi, il m'avait autorisé à me désaltérer dans les sources et à me gaver de fruits sauvages ! Le soir du deuxième jour, nous campâmes près d'un torrent. Il fit du feu, grilla un

maïs dont il me jeta la moitié. Il dégusta sa part lentement, assis sur un rocher. Le voyant si relâché, si abandonné, presque vulnérable, je me crus autorisé à un peu
de familiarité :

– Tu ne manges pas beaucoup, chef ! C'est pas bon
ça, quand on est encore jeune. Mon père Théoneste
disait : « Mange des sauterelles, mange des lézards,
mange des grenouilles, mais mange ! C'est dans la saveur
des aliments que se trouve l'esprit de Dieu. »

– Toi et moi, nous avons signé un pacte : je pose
d'abord les questions et toi, tu parles après !

– Oh maintenant, on se connaît… enfin, presque…
Je ne dis pas qu'on est devenu amis mais…

– Je n'ai pas encore posé de questions !

Je m'amusai à jeter des petits cailloux dans le torrent
pour m'occuper un peu. Il posa son arme sur ses
genoux et sortit de la poche latérale de son treillis une
radio qu'il se mit à bricoler avec un air si pénétré que
j'aurais pu jeter la mitraillette dans les flots et m'évader
à travers les fougères. Mais à quoi bon ? Pour une fois
que j'avais de la compagnie ! Vigilante et fidèle en plus !
Et puis, tout bien pesé, il aurait fini par me rattraper et
il m'aurait chicoté ou étranglé avec les lacets de ses
rangers sans aucune émotion. Cela sautait aux yeux
que ce type savait ce qu'il voulait et qu'il était prêt à
tout pour atteindre son but.

– Pose-moi donc une question ! Je ne suis pas habitué à fréquenter les gens sans leur dire un mot, cela me
rendrait fou.

– Essaie de parler dans ta tête. Tu verras, ça fait du
bien. C'est ce que le capitaine nous a appris quand on
s'entraînait dans les montagnes.

La radio s'était mise à grésiller.

– Allô ! Capitaine ? demanda-t-il. Je suis au torrent et je ne trouve personne.

– Direction Rutongo, nous occupons la gendarme-rie ! Sois ici à l'aube ! La nuit te suffira largement pour rejoindre le poste ! Terminé !

– A vos ordres, capitaine ! Nous y serons à l'aube, j'emmène un colis.

– Son nom ?

– Je ne l'ai pas encore cuisiné. J'ai pensé que ce serait mieux que vous le fassiez vous-même. Il a tout l'air d'un génocideur. Il ne se serait pas enfui, sinon. Je l'ai trouvé affalé sous un arbre dans les broussailles du Bugesera, probablement abandonné par une colonne de réfugiés.

– Arrive, nous verrons ça ici ! Je dis bien demain à l'aube ! Nous allons foncer sur Kigali ! Attention, il y a des poches de résistance des FAR aux environs du lac Muhazi ! Contourne Kigali par la route de Gitarama ! Terminé !

Il avait une torche mais il refusa de s'en servir pour éviter d'attirer sur nous les éléments des FAR isolés dans les collines et dans les marais. Comme les corps mutilés éparpillés dans la brousse, la nuit aussi était à couper au couteau. Pas même le soupçon d'une pâle étoile au ciel. Mais nous pouvions facilement nous orienter. Il nous suffisait – sous peine d'endurer la puanteur des cadavres, les morsures des moustiques et des chardons – de suivre le cours de l'Akanyaru. Quand nous aperçûmes la route menant à Ruhengeri, il décida que nous pouvions faire une pause. Nous nous instal-lâmes dans un bosquet d'acacias. Il ouvrit une boîte de sardines et m'offrit une cigarette. Je pris cela pour une marque d'affection. Trois jours de vie commune, cela crée forcément des liens. J'avais décidé pourtant de le prendre au mot, c'est-à-dire de ne pas lui adresser la parole avant qu'il ne me pose une question. Je me doutais bien qu'il était aussi un être d'os et de chair doué de parole et de raison, pour parler comme le père Manolo.

– Ainsi donc, ton père, il s'appelle Théoneste ! fit-il au moment où je m'y attendais le moins.

– Le tien aussi !

– Non, le mien, il s'appelle Evergiste.

– Zaïre, Tanzanie, Ouganda ?

– Non, Kenya ! Je suis né au Kenya mais je me suis engagé en Ouganda, l'année dernière.

– Vous avez tous une drôle de manière de parler. C'est bien du kinyarwanda mais qui fait penser au swahili et à l'anglais. Tu crois vraiment que je suis un génocideur ?

– Tout le monde l'est ! Des enfants ont tué des enfants, des prêtres ont tué des prêtres, des femmes ont tué des femmes enceintes, des mendiants ont tué d'autres mendiants, etc. Il n'y a plus d'innocents ici.

– Je t'assure, chef…

– Tu parleras au capitaine. Moi, je ne veux pas te croire même si tu me convaincs que tu viens de naître.

– Qu'allez-vous faire de moi ? Vous allez me tuer ?

– On tue ceux qui s'évadent ! Pour l'instant, tu ne t'es pas évadé !

– Laisse-moi partir, chef. D'ici Gitarama, ce n'est pas bien loin, mes parents sont à Gitarama, j'en suis sûr.

– Ne sois pas naïf ! D'abord, je pourrais changer

d'humeur si tu abuses de ma bonté. Ensuite, le capitaine sait que tu es là, si je me présente sans toi, c'est moi qui irai au poteau à ta place, et de toute façon je n'ai nulle envie de te relâcher quand bien même tu serais sorti du ventre de ma mère. Enfin, mieux vaut pour toi que tu sois dans nos mains. Avec les FAR, tu n'aurais aucune chance : tu pourrais apparaître comme un traître pour avoir tardé à suivre les autres et puis, je ne sais pas si tu t'en rends compte, mais on pourrait te prendre pour un Tutsi.

Il me laissa cueillir des bananes en route et m'offrit une autre cigarette avant d'atteindre la gendarmerie de Rutongo. L'œil ne pouvait encore distinguer les pierres dans la cour quand nous nous présentâmes à la sentinelle. Il me conduisit dans un bureau, signa des papiers et me confia à un autre chef avant de rejoindre les dortoirs. Celui-ci m'entraîna vers le fond de la cour. Il y avait deux cellules bondées et, autour, des centaines de personnes de tout âge. Le nouveau chef m'expliqua qu'il s'agissait là des génocideurs avérés. Les autres pouvaient traîner à l'air libre jusqu'à ce qu'on éclaircisse leur cas. On me fit asseoir parmi les garçons. Certains jouaient à l'*igisoro*, d'autres aux devinettes. On riait, on se chamaillait. Rien n'avait changé sur terre.

Je ne voulais plus dormir, je voulais jouer aussi. La vue de l'*igisoro* me rappelait les temps anciens quand – il y avait combien de cela ? – ma mère était encore là pour me servir mes haricots au beurre rance et que, le dimanche, je servais la messe à l'église et marquais des buts pour le Minime Système. Une autre ère sûrement ! J'étais monté en graine, tout avait changé sauf ma passion pour l'*igisoro*.

– Je prends le plus fort pour la prochaine partie !

– Qu'est-ce que tu mises ? me répondit le robuste garçon à la joue tailladée qui se faisait appeler Musinkôro.

Je n'avais pas prévu cette éventualité-là. Au village, on ne misait pas, sinon peut-être l'admiration des filles qui nous regardaient jouer.

– Ses ongles, pardi ! se chargea de répondre quelqu'un à ma place.

Comme il avait raison ! J'étais tellement démuni que mon inconscient ne me commanda même pas de fouiller dans mes poches. C'est alors que je songeai à mon lance-pierres. C'est mon père Théoneste qui me l'avait confectionné avec du bois de figuier de barbarie et du caoutchouc tiré de la vieille chambre à air qui avait si longtemps supporté son vélo. J'y étais très attaché mais puisque c'était la saison des pertes, autant le perdre aussi, d'autant que, cette fois-ci, le jeu pouvait me rapporter quelque chose.

– J'ai un lance-pierres.

– Montre !

Il l'essaya et dit :

– Ah oui, avec ça, on peut chasser le lièvre et… (il regarda autour de lui pour voir si aucun soldat ne rôdait) faire fuir une tribu de Tutsis. Tu vois cette gourmette en argent ? C'est un cadeau de ma fiancée, eh bien, je suis tellement sûr de te battre que je la mise quand même. Tu m'as l'air courageux mais franchement, pas très futé…

« Celui qui n'a pas d'esprit, apprécie le sien », disait-on à propos de Théoneste, mon père. Celui-là en avait si peu qu'il n'avait même pas dû retenir ce proverbe. Je

43

le battis sans aucune difficulté et, comme il ne s'avouait jamais vaincu, en sus de la gourmette, je lui pris tour à tour sa casquette BP, son harmonica, son paquet de cigarettes et un billet de cinq mille qu'il dissimulait dans la doublure de son veston. Il menaça de me casser la gueule et de me dénoncer comme traître aux FAR sitôt que nous serions sortis d'ici. Je répondis qu'il pouvait essayer tout de suite de me casser la gueule et que, s'il réussissait à le faire, non seulement je lui rendrais ce que je lui avais pris mais qu'en plus je serais à son service tout le temps que l'on passerait là. Il me traita de chenille, je le traitai de chien de prairies. Nous échangeâmes plusieurs coups avant que les jabirus ne nous tombent dessus. On nous logea deux jours dans les fameuses cellules pour nous apprendre à vivre. Ce fut très efficace : à la sortie, nous étions tous les deux si matés par la chaleur, la faim et la brutalité des prisonniers que nous devînmes amis.

Le lendemain, on me convoqua au bureau. Je pensais y trouver celui qui m'avait conduit ici. Il y avait quatre autres jeunes soldats et quelqu'un qui gueulait au téléphone et qui semblait être le fameux capitaine. On me fit asseoir sur le plancher en attendant que celui-ci termine sa communication. Quand il eut fini, il me fit signe du doigt, à la manière dont on appelle les chiots :

– Approche, jeune homme ! Assieds-toi sur cette chaise, nous allons bavarder un peu.

Il avait sous les yeux un cahier d'écolier dont il tournait distraitement les pages. Soudain, il cessa son manège, se saisit d'un stylo-bille et planta ses petits yeux rouges, entourés de cils épais et de cernes grossiers, dans les miens.

– Toi alors, tout ce qu'on sait jusqu'à présent de toi, c'est le nom de ton père ! As-tu eu aussi une mère ?

– Oui, répondis-je aussi sérieusement que s'il m'avait demandé : « As-tu eu aussi la coqueluche ou la scarlatine ? » Elle s'appelle Axelle.

– Sais-tu ce que sont devenus tes parents ?

– Ils sont à Gitarama.

– Il y a deux jours, tu disais Byumba et même, semble-t-il, Kayonza. Ils ont pensé à te donner un nom quand tu es venu au monde ?

– Oui, capitaine ! Faustin ! Faustin Nsenghimana !

– Où es-tu né, Faustin Nsenghimana ?

– A Nyamata, dans le Bugesera !

– Tu as grandi là, tu as appris à tirer sur les pigeons là, tu as été à l'école là ?

– Oui, capitaine !

– Maintenant, écoute-moi et réfléchis bien : dis-moi où tu étais entre le 7 et le 15.

Il n'avait pas besoin de préciser avril. C'est ainsi que tout le monde désigne cette période-là : « Le 8, ils nous ont réunis devant la préfecture et le 12, les Interharamwe* sont arrivés », entendait-on ici et là. Malheureusement, l'avion du président Habyarimana a été abattu le 6 et non le 1er. Il suffit d'une date pour changer le cours de l'Histoire… Il crut que je n'avais pas compris sa question. Si si, j'avais bien saisi mais je ne savais pas par quoi commencer.

– Le 6 avril, tu t'en souviens ?

– Oui !

– Alors, tu dois te souvenir du 7 aussi !

* Milices hutus à l'origine du génocide.

45

Était-ce pour sauver ma peau ou simplement pour souscrire à sa magnétique influence ? Je fis un effort surhumain pour revenir sur les fameux *avènements* que ma mémoire ne voulait plus revoir. Soudain, tout s'éclaircit. Ma bouche s'ouvrit toute seule et je parlai si vite qu'il m'arrêta pour faire venir mon vieux compagnon de route.

– Trouve-lui un coin à l'abri pour dormir et veille à le faire boire et manger tant que cela est possible. Prends un magnétophone et enregistre-moi tout ce que te dira ce jeune homme.

Ma confession dura toute une semaine. Les chefs se prirent d'intérêt pour mon obscure personne. Le camp entier parla de moi. Dans le remue-ménage incessant des soldats et des gradés, il y avait toujours une voix amicale pour me sortir de mes rêveries :

– Tiens, Faustin, voici un biscuit !... Reste pas là, Faustin, viens donc écouter le match ! A ton avis, qui aura cette année la coupe d'Afrique des Nations : le Cameroun ou l'Égypte ?

On me confia la garde du troupeau de bœufs que le capitaine avait constitué pour la ration de la compagnie. Dans la région de Rutongo, la vie était redevenue paisible : les bruits de canon et les défilés des réfugiés avaient cessé. Avec la carabine que le capitaine m'avait prêtée, je pouvais maintenant m'éloigner jusque dans les savanes pour chasser le lièvre et la gazelle. Le soir, les hommes qui avaient passé la journée sur le front des opérations étaient bien contents de trouver dans leur assiette un rôti de gibier à côté de leur pâte de manioc. J'avais trouvé une nouvelle famille. Je ne demandais pas mieux que de finir mes jours là. Mais des voix me réveillèrent un jour à l'aube. J'allai jusqu'au perron du dortoir et distinguai à travers la grisaille de l'aube des formes incertaines en train de chanter ou de tirer des coups de fusil en l'air. Et ça criait partout : « Kigali est tombé ! Kigali est tombé ! »

De nouveau, le chemin, derrière les chars du FPR, cette fois. Direction Kigali. Le capitaine m'offrit une paire de brodequins, une couverture de laine et un calot. J'écoulai facilement la couverture et les brodequins avenue du Commerce. Je gardai le calot pour protéger mes cicatrices sur la tête. A Kigali, un peu d'argent en poche, cela protège bien mieux que les gris-gris du vieux Funga.

*

* *

Le feu le plus vorace finit par s'éteindre. Le bruit des fusils qui s'était estompé dans les faubourgs cessa aussi sur le mont Kigali. Le râle des agonisants et le vrombissement des tanks cédèrent la place à la voix des vendeuses de papayes et de maracujas. Le changement se fit sans que l'on s'en aperçoive. Il avait la lenteur et la discrétion d'une jeune mariée rejoignant la case nuptiale. Et pourtant, il était là, véritable, partout. Même dans la puanteur des caniveaux où, au fil des jours, la pisse des ivrognes et des putes avait surpassé en volume le sang coagulé et la cervelle gluante des cadavres. Ne me demandez pas combien de mois s'étaient écoulés ! On avait mis le temps à la casse, comme une vieille épave. Personne n'aurait songé à le compter ou à le réarranger. La nuit ressemblait au jour. Cela ne servait à rien de savoir si l'on était le Mardi gras ou le lundi de Pentecôte. Vagabond ou rond-de-cuir, on cherchait avant tout à se terrer et à trouver un tubercule à grignoter quand, poussé par la fringale, l'amer goût de la bile remontait jusqu'à la bouche. Et puis, doucement, l'esprit, de nouveau, se mit à tenir compte des orages et des bruits des automobiles, des visages et des conversations.

Les premiers jours, pour m'occuper, je fis ce que tout le monde faisait : aider les soldats à charger les machettes et les cadavres, à orienter les ambulances vers les blessés auxquels il restait une petite chance. Sous la véranda du Grec était entreposée une pile de sacs de café que le Blanc dans sa fuite vers le Kenya avait oublié de ranger dans ses magasins. Y avait pas lit plus moelleux ! Je venais dormir là-dessus quand j'avais fini de tourner autour du marché en compagnie des veuves et des chiens errants. Je voyais passer de nombreux enfants de mon âge mais je refusais de leur adresser la parole. A quoi bon ? Je suppose que, comme moi, ils ne ressentaient pas le besoin de se confier ou de jouer. Pour manger, j'escaladais la muraille du marché et avec un morceau de pelle je déterrais les restes d'arachides, de manioc et de bananes vertes pris dans la gadoue. Fallait y penser ! Quand la panique se saisit des villes, les gens commencent par déserter les bars, les cercles de danse, les lupanars et les marchés. Alors que la famine commençait à rôder, moi j'avais un champ prêt à être récolté pour moi tout seul. C'est fou le nombre de trésors que les gens peuvent laisser traîner par terre ! Je me payais facilement un sachet d'arachides, une botte de manioc et un canari de bananes par jour et même, une fois, un bol de poisson fumé dissimulé sous un étalage. Je lavais ces précieuses denrées dans les flaques d'eau des ornières, faisais du feu dans le tas d'immondices de la rue de l'Épargne, et le tour était joué. Je ne dirais pas que ma vie était aussi enviable qu'au camp de Rutongo, mais je n'avais pas à me plaindre. J'avais fini par trouver mon compte au beau milieu du chaos. Et puis, comme on n'est jamais sûr du sens dans lequel s'opère le changement, j'avais appris à fort bien m'accommoder des choses telles qu'elles étaient...

Jusqu'au jour où, de la véranda du Grec, je vis un agent de police ouvrir tout grand le portail du marché et les voitures des civils se multiplier sur les chaussées. Le vieux Funga a raison : « Le monde, il marche, même si c'est souvent de travers. » En temps de guerre, je mangeais à l'œil. En temps de paix, il me fallut faire des pieds et des mains pour gagner ma pitance. Le matin de bonne heure, je me louais pour décharger les ballots des marchands de tissus et les bonbonnes des marchandes de bière de banane. La journée, je me postais devant la librairie Caritas pour garder les voitures. Avec les pièces que je gagnais, je pouvais m'acheter une pâte de manioc et une sauce verte chez les femmes qui faisaient la cuisine sur les trottoirs. Un soir, alors que je me régalais de ce mets délicieux, je sentis quelqu'un me frôler dans le dos et vis une main passer sous mes aisselles et subtiliser mon plat. Je me retournai. Un garçon se tenait derrière moi.

– Où as-tu volé ce bon plat de manioc ? Ne me dis pas que tu as vendu ton lance-pierres pour pouvoir te nourrir !

C'était Musinkôro. Il reposa le plat sur le banc et m'embrassa comme l'aurait fait un frère.

– Ainsi donc, tu es toujours vivant! Comme moi et comme Msîri! Mais tu ne connais pas Msîri! Je te le présenterai un jour.

– Musinkôro! Musinkôro!

Je n'arrivais à prononcer que ce mot-là. Incroyable, ce n'étaient plus seulement le jeu d'*igisoro*, mon lance-pierres et son harmonica qui nous liaient, c'était le sang de toute une filiation. Le tonnerre grondait une dizaine de fois par jour. Les eaux des pluies s'écoulaient sur les pentes avec la rapidité des chutes de la Kagera pour nettoyer les dernières traces de poussière et de sang. Mon père Théoneste aimait plus que tout cette magnifique portion de l'année. Il était persuadé que l'*itumba* (ainsi appelle-t-on la grande saison des pluies dans notre langue, le kinyarwanda) n'avait pas seulement été prévue par les dieux pour laver la terre et arroser les plantes. Elle contribuait aussi à nettoyer les cœurs et à renouveler les liens entre les hommes. Ce devait être ça: l'*itumba* avait purifié mon âme et celle de Musinkôro pour nous réunir dans le feu d'une nouvelle parenté. On devait fêter ça. Il me traîna vers le bar de l'Éden. Le patron n'aimait pas nous voir rôder par là. Mais il connaissait la serveuse, Scholastique. Il lui fit signe et elle nous apporta discrètement nos bières sur le trottoir. Quel meilleur endroit au monde pour se soûler la gueule que le dépotoir de la rue des Coopératives! Nous nous rendîmes là pour boire. Après quoi, nous nous mîmes à chanter avec la ferveur d'une bande de paysans arrosant à la bière de banane la fin des récoltes. Quand on chante, on le fait avec tout le corps que le bon Dieu vous a donné ; quand on parle, c'est la bouche seulement qui s'ouvre. C'était bien mieux ainsi : chanter ; chanter et ne rien dire.

Le Grec aussi était revenu pour estimer ses vitres brisées, sa volaille décimée et ses sacs de café éventrés. Et, depuis, j'avais pris l'habitude de dormir où le sommeil me prenait : sous le monument aux morts, sur le perron de la poste ou dans les abords de la rue du Lac-Rweru. Je pensais y conduire mon ami. Mais comme s'il avait deviné mes intentions, il me demanda à brûle-pourpoint :

– Connais-tu le QG ?

– Je n'ai rien contre les soldats, mais, autant que possible, je préfère m'en passer.

– Tu n'y es pas, Faustin Nsenghimana ! Je ne parle pas de la caserne, je parle de mon domicile… de notre domicile – j'allais oublier ma petite famille. Allez, viens !

Le fameux QG se situait dans un no man's land perdu entre les bidonvilles de Muhima et le boulevard de Nyabugogo. Une aubaine ! Alors que dans la ville surpeuplée par les soldats et par les réfugiés, on dormait à quinze par pièce, lui, il avait trouvé ça. Un bâtiment abandonné envahi par une herbe si haute qu'il était invisible du boulevard mais encore neuf. Tout neuf : c'est-à-dire inachevé ! Les portes n'avaient pas été mises et le perron était à l'état d'ébauche. Le sol se hérissait de pierres pointues (les maçons n'avaient pas eu le temps de damer). Par chance, on avait eu la bonne idée de terminer la charpente. Et Musinkôro qui pensait à tout avait disposé là-dessus des cartons, des sacs de jute, des bouts de tôle et des fûts éventrés pour se protéger de la pluie. Ici aussi, l'administration avait prévu une école, un centre de soins ou une maison de quartier, et l'argent, comme souvent, s'était volatilisé. Il y avait là une bonne vingtaine de gamins des deux sexes dont certains, à vue d'œil, n'avaient pas atteint dix ans. A notre arrivée, ce petit monde cessa de brailler et de se chipoter. Chacun abandonna ses ballons de chiffon et ses hochets en carton pour rejoindre son coin. Cela ressemblait à l'arrivée du maître dans notre classe. Et Musinkôro avait bien une tête de maître d'école ou de père de famille, pas celle d'un chef de bande. Il s'assit sur un bidon vide qui traînait par là, déchaussa méticuleusement ses baskets sans lacets, souillées de crésyl et de goudron, puis demanda à la cantonade :

– Alors, cette journée ?

– Canisius a ramassé un portefeuille et les filles ont rapporté du riz et du mouton du quartier musulman. On en distribuait à tous les croyants qui passaient par là. C'est l'Aïd Al Adha !

– Tu l'as ramassé où, ce portefeuille ? demanda Musinkôro avec un ton suspicieux qui fit rire tout le monde.

– Devant l'hôtel des Mille Collines, je le jure ! répondit le nommé Canisius.

– Tu es encore moins crédible quand tu jures, satané Canisius, va ! Ne serait-ce pas dans la boîte à gants du véhicule d'une ONG ? Ah, ces pauvres Blancs, ils viennent nous aider à sortir de la barbarie et nous, tout ce qu'on trouve, c'est de leur fouiller les poches. Montre quand même !

– J'ai jeté !

– Ah !

– A cause des papiers ! Les flics, ils ne croient jamais quand vous leur dites que vous avez ramassé quelque chose.

– Combien ?

– Cinquante mille... Disons environ : j'ai mangé des brochettes chez Célestine et j'ai acheté une paire de chaussures. A force de marcher pieds nus, j'ai dans les pieds tout ce que cette ville compte de tiques et de tessons de bouteille.

– Je ne te reproche rien, Canisius !... Enfin, si : ta manie de jurer pour rien. Où est le butin de guerre ?

– Sous l'avocatier !

Dans la pièce la plus grande traînait un fourneau ébréché, des vieux pots de lait Guigoz, des écuelles, des canaris, etc.

Musinkôro m'y entraîna.

– Goûtons le mouton de ces pieux musulmans ! Mangeons ce que Dieu nous donne aujourd'hui. Rien ne dit que nous en aurons demain. Tu vois, ici, on est tranquilles. Personne ne connaît notre existence, ni les flics ni les voisins. Mais l'œil d'un mouchard peut surgir à tout moment. Alors, ce sera la prison. Au mieux, l'expulsion après une fouille en règle qui ne nous laissera même pas les ongles pour nous gratter les fesses.

Il sortit d'on ne sait où un jerrycan rempli de bière de banane. Il héla les autres. Nous formions un grand cercle autour du plat quand soudain un drôle de bruit se fit entendre à travers les maïs et les bananiers. Cela avait l'air d'une poursuite ou du bruit d'un sanglier défendant ses petits. Des bruits de pas retentirent dans la cour et sur les pierres mal jointes du perron. Un garçon tenant à la main un couteau ensanglanté fit irruption dans la pièce où nous mangions. Haletant, tout en sueur, il s'appuya contre le mur pour reprendre son souffle. Hébétés que nous étions tous, nous le regardions sans oser poser une question. Enfin, il toussota et les mots sortirent de sa bouche par jets, comme s'ils lui brûlaient la langue :

– Sur le boulevard de Nyabugogo... Devant l'hôtel Bienvenue... J'ai dû lui trouer la paume de la main... Il ne voulait pas lâcher son appareil photo, ce crétin !

Il enleva son blouson. Là-dessous, il tenait en bandoulière un Kodak tout neuf. Musinkôro fut secoué d'un fou rire interminable.

– Faustin, dit-il, je te présente Msîri. Je t'ai bien parlé de Msîri, non ?

Voici comment j'ai échoué au QG. Les nuits sont fraîches chez nous, Musinkôro songea à me filer un morceau de bâche. Par précaution, les filles dormaient dans la pièce la plus éloignée de l'entrée et nous, les garçons, nous nous répartissions à notre guise dans la pièce de gauche et dans la grande salle, les deux endroits les moins humides. La maison, on l'appelait le QG parce qu'on n'avait pas trouvé d'autre nom. En vérité, nous n'y venions que pour dormir. La journée, il y aurait eu suffisamment de curieux pour nous repérer. Nous nous levions avec le chant du coq et gagnions les rues par groupe de deux ou trois. Les filles autour des hôtels, Musinkôro rue du Commerce, Msîri aux abords des banques, les autres entre les échoppes des artisans et le monument aux morts, mon équipe et moi devant la librairie Caritas. Occuper ces lieux-là revenait à prendre toute la ville. Personne n'était forcé de faire souche à l'endroit qui lui avait été confié. Au contraire, Musinkôro nous exhortait à agir avec la plus grande mobilité. Mon territoire comprenait les meilleurs parkings, compris entre la rue du Lac-Buera (celle de la librairie Caritas) et la place de la Constitution du côté nord, l'avenue des Grands-Lacs de l'autre. Notre rôle : veiller sur les voitures des patrons et des belles dames. Ézéchiel, qui n'avait pas son pareil pour ouvrir les portières, m'aidait à remettre de l'huile ou à donner un coup de torchon sur les pare-brise. Je le laissais fouiller les coffres et les boîtes à gants. S'il trouvait quelque bricole intéressante, il entonnait une chanson et Tatien ou Éphrem débouchait du lot des badauds qui traînaient aux abords du marché pour s'emparer de la chose et s'en débarrasser plus loin dans un endroit convenu : derrière une clôture, dans une bananeraie, sous les décombres d'une cabane, etc. Canisius faisait fonction de rôdeur. Il allait d'un groupe à l'autre pour voir si tout allait bien. Les filles devaient afficher un air assez malheureux pour émouvoir les riches passants mais dans des tenues suffisamment propres pour, le cas échéant, pouvoir se glisser dans le lit des vicelards qui ont du pognon. Et les garçons, outre leur boulot de cireurs ou de portefaix, se devaient de rassembler dans les caches tout aliment ou bijou qu'ils pouvaient choper sans se faire prendre. Le soir, les plus grands faisaient la tournée des caches, et nous enterrions notre butin dans le trou aménagé sous l'avocatier. Les filles cuisinaient pendant que nous nous racontions des blagues en fumant de l'herbe ou en reniflant de la colle. Josépha, Gabrielle, Alphonsine et Émilienne étaient les plus jolies. Je culbutais l'une ou l'autre quand les autres s'étaient endormis ou alors au marché quand nous nous y attardions pour ramasser d'éventuelles pièces de monnaie. Ce furent des moments heureux, parmi les plus beaux de mon existence. A tel point qu'il m'arrivait rarement de penser à mes parents. C'était une vie de tous les jours, bien remplie, bien réglée, qui vous faisait passer le besoin de s'en remettre au passé ou à l'avenir. Bien que – oh non ! – rien ne soit jamais parfait. Nous avions aussi nos petits problèmes à nous : des maladies, des inondations et de petites bagarres pour une dose de snif ou pour les cuisses d'une gonzesse qui finissaient par un œil amoché ou un coup de couteau à la joue. Le travail aussi, ma foi, ne se passait pas toujours sans incident. Par exemple, ce jour où un client m'accusa d'avoir volé son autoradio. Ce crétin de Canisius ! Combien de fois lui avais-je dit de ne pas toucher aux autoradios et aux bijoux : rien que du pratique, du discret, de l'utilitaire (de l'argent, des vêtements, de la nourriture, à la rigueur des calculettes ou des appareils photo, ça oui !).

Le bougre, il me saisit par les deux oreilles et me leva, mes pieds à la hauteur de sa poitrine.

– Ce gamin a volé mon autoradio !… Tu sais ce que je vais faire, houn ? Brûler tes mains qui volent et puis te traîner au commissariat ! Cela évitera à un autre de subir ce que moi j'ai subi.

Ses grosses mains s'abattaient sur mon front et ses genoux cognaient dans mon ventre. Les badauds sortirent de partout, ils nous entouraient. Mais c'était pour profiter du spectacle, pas à cause de mes appels au secours. Par chance, une jeune femme descendit de voiture, se fraya un chemin à travers la foule en fustigeant ceux qui rigolaient de ma peine et me délivra de là. C'était elle : Claudine !

J'étais si abattu et si terrorisé que je commis un pet et me soulageai de quelques litres de pisse dans le fossé.

– Chie aussi pendant ce temps, voleur ! cria quelqu'un. Tu me l'aurais fait à moi, tu n'aurais plus de visage à l'heure où je te parle ! Chiendent ! Broutille !

– Taisez-vous, tous ! cria la jeune femme.

Elle s'approcha de mon tortionnaire et le regarda dans les yeux.

– Tu n'as pas le droit de le taper ! D'ailleurs, qu'est-ce qui prouve qu'il t'a volé ? Un gamin d'à peine douze ans, tu n'as pas honte ?

J'en profitai pour enfoncer le clou :

– Il y a trois mois que je garde des voitures ici ! Qui m'a vu voler quelque chose ? Qui ?... Pourquoi vous prenez son parti alors ? C'est parce que je suis petit, hein ? Oui, c'est ça ! Si j'avais la même force que vous, vous n'auriez pas osé !

Je m'assis sur une vieille jante qui traînait par là. En vérité, je n'avais nulle envie de pleurer mais je cachai mon visage sous le pan de ma chemise, me passai de la salive au-dessous des yeux et poussai tous les cris de détresse que je pouvais imiter. C'était la bonne astuce : elle s'approcha de moi, me caressa les cheveux et me consola avec des mots qui ne pouvaient sortir que de la bouche d'une amante. « A coup sûr, pensai-je, elle va me donner un billet, elle va m'inviter à coucher avec elle. »

L'incident clos, les badauds s'étaient éparpillés vers la rue du Commerce et l'avenue de la République pour vendre leurs savonnettes et leurs bougies et s'adonner derrière les parasols et les murettes au trafic de devises et de drogue. Elle m'aida à me relever et m'entraîna vers le chariot du marchand de glace. Elle m'offrit un cornet à la vanille, des biscuits, un billet de mille.

– Dis-moi, d'où viens-tu, mon petit : de Cyangungu, de Ruhengeri ?

– Non, de Kigali !

– Et où sont tes parents ?

– Ici à Kigali ! Notre maison se trouve à Gikondo !

– Ce sont tes parents qui t'ont dit de venir garder des voitures ?

– Non, je le fais tout seul. Ils ne sont au courant de rien.

Elle me regarda comme si je venais de tomber de la lune. Peu m'importait qu'elle ait du mal à me croire. Moi, cela me faisait du bien de parler ainsi. Aussi, je continuai sur ma lancée sans la moindre vergogne :

– Je le fais pour pouvoir aller au cinéma et pour m'offrir des chaussures de sport et un beau ballon de foot.

Elle réfléchit un instant, leva les yeux au ciel. Le dénouement de mon cas devait s'y trouver peut-être.

– Dis-moi, mon petit, comment t'appelles-tu ?

– Cyrille ! Cyrille Elyangashu ! A Gikondo, tout le monde connaît la famille Elyangashu !

– Eh bien, Cyrille, à partir de maintenant, tu vas garder ma voiture. Moi, je m'appelle Claudine. Claudine Karemera ! C'est une bonne journée finalement, tu as gagné une amie.

Je rejoignis le QG tout guilleret. Ce soir-là, je ne sentis pas l'arête des pierres sous mes côtes. Je dormis sans penser à Gabrielle, à Émilienne ou à Josépha.

J'étais amoureux !

*
* *

Comment se faisait-il que je n'avais pas connu Claudine plus tôt ? Son bureau se trouvait à deux pas de là. Elle avait l'habitude de se garer sur la rue de l'Épargne pour mettre sa voiture à l'ombre. Maintenant c'était différent : elle venait directement à ma hauteur, klaxonnait et se laissait guider sur la place encombrée de briques que je lui avais réservée. Au point où nous en étions, elle n'avait plus à me payer. J'étais fier quand elle m'embrassait en descendant de voiture. Elle ne venait jamais sans une friandise et lorsqu'elle ouvrait son porte-monnaie, ce n'était pas pour me donner des pièces mais de vrais billets de banque. Cela arrivait une fois par semaine, parfois deux.

– Cyrille, me disait-elle, ce soir, j'ai une réunion de travail qui risque de durer longtemps. Peux-tu me la garder quand même ?

Bien sûr que je pouvais ! Pour elle, c'était un vrai plaisir. Le cauchemar, c'était les autres, leurs grosses 4 × 4 et leurs sacoches, qui se garaient n'importe comment et, en plus, vous houspillaient en vous gratifiant d'une pièce. Il y en avait d'ailleurs qui ne donnaient jamais rien : « Aujourd'hui, petit, patron n'a pas monnaie ! Demain ! » Elle, c'était pas pareil. Elle ne venait pas uniquement se débarrasser de sa bagnole. Elle venait aussi pour moi. Nous avions rendez-vous. Nous ne nous étions rien dit mais, comme par hasard, elle mettait le parfum qu'en mon for intérieur je souhaitais qu'elle mette. La nuit, si je la rêvais en tailleur, c'était ce tailleur-là qu'elle portait le lendemain ; en pagne, c'était ce pagne-là qui s'évasait quand elle descendait de voiture, laissant apparaître son genou et sa cuisse. J'aurais évidemment préféré qu'elle arrêtât de m'embrasser sur les cheveux et qu'elle se décidât enfin à me toucher où mon désir s'allumait.

Mais, un beau jour, tout se gâta. Je l'attendis vaine-

ment. Cela me mit de méchante humeur. Je m'engueu-
lai avec le marchand de glace et refusai au planton de
la banque de Kigali d'acheter son soda quotidien au
marché. Elle apparut en fin de journée avec un petit air
qui ne me plaisait pas du tout.

– Monte ! m'ordonna-t-elle sitôt qu'elle se fut garée.

Je montai. Ce fut tout de suite la question que je
redoutais :

– Je te dépose où, Cyrille ? Au fait, Cyrille ou Faustin ?

– Je m'appelle Cyrille. Dépose-moi à l'entrée de
Gikondo.

– J'ai farfouillé tout Gikondo. J'ai été jusqu'à consul-
ter le registre d'état civil. Il n'y a pas un seul Elyangashu là-bas. Elyangashu, tu es sûr que c'est un nom
d'ici ? Ne l'aurais-tu pas inventé ?

Je n'eus pas la force de lui répondre. A la place de la
Constitution, elle tourna à gauche, passa le rond-point
central, s'engouffra dans le boulevard de Nyabugogo.

– Mais !…

– Mais quoi, Faustin ?

– Où va-t-on ? C'est de l'autre côté, la route de
Gikondo !

– J'ai hâte de connaître ce fameux QG, insinua-t-elle
avec une ironie qui me donna envie de la pousser sur le
bitume. Tatien m'a tout dit, mon petit. Il a poussé la
gentillesse jusqu'à me présenter à Musinkôro, Msîri,
Gabrielle et les autres. Je te croyais sympa, mais non,
tu es le plus cachottier de la bande !

– Nous n'avons besoin de personne. Moi en tout cas !

– « Celui-là va mourir, qui croit se passer des autres ! »
Tu vois, je ne me contente pas de parler le kinyarwanda,
je manie aussi les proverbes.

– Je ne suis pas le plus à plaindre. J'ai mes jambes, j'ai mes bras. J'ai les oreilles intactes et les yeux bien en place ! Il doit en rester, des veuves et des orphelins ! Ce ne sont tout de même pas les mouroirs qui manquent dans ce pays. Tourne-toi vers ceux-là !

– On verra bien si le QG est un palais ou un sordide mouroir !

Musinkôro avait fait ranger les nattes et les matelas mousse, les vieilles hardes et les écuelles pour la recevoir. Ainsi donc, je nageais en pleine conspiration. Elle visita les lieux sans faire attention à moi. Elle me faisait penser au sous-préfet de Nyamata quand il inaugurait un dispensaire. Elle s'assit sur la chaise en fer et accepta une banane cuite. Je ne voulais plus la revoir ni la sentir ni l'écouter. Quelle frivolité ! Elle touchait les joues de Canisius ; prenait Tatien par les épaules, Josépha par les mains ; demandait à Émilienne depuis quand elle toussait ainsi, si elle n'avait pas peur de la pluie, des rats, des moustiques, des fous qui rôdent. Cela me faisait bâiller. J'aurais bien aimé la griffer et, une fois ma crise de jalousie assouvie, la renverser là devant tout le monde et me vautrer dans son corps. Elle ramena ses mains sur la tête pour réarranger ses tresses puis, comme si elle venait de découvrir ma présence, fixa sur moi ses yeux lumineux.

– Toi, je sais que tes parents sont à Kibuyé. Mais les autres ? Avez-vous encore vos parents ?

Heureusement, Sembé était là pour la rabrouer un peu :

– Grande sœur, tu es paisiblement assise dans ta case. La foudre tombe sur le toit. Est-ce que tu vas songer à emporter tes parents dans ta fuite ?

– Non !

– Bon !

– Il y a combien de temps que la foudre est tombée ? Six mois, neuf mois, un an ! C'est largement suffisant pour savoir qui est mort, qui ne l'est pas, qui a pu prendre la fuite et qui est en prison !

– Cette fois-ci, ce n'était pas la foudre mais toutes les foudres ! répliqua Sembé, plus mal embouché que jamais.

– Ça ne vous donne pas le droit de vous isoler ! Si vous, vous n'avez pas besoin des autres, les autres ont besoin de vous. L'isolement, voilà la source de nos malheurs ! Ici, chacun vit replié sur sa colline comme si les voisins avaient un œil au milieu du front... Prenez cela comme vous voulez, mais je n'ai pas le droit de vous laisser seuls ! Mieux vaut vous le dire tout de suite, nous ne sommes pas près de nous quitter.

Cela me fit sursauter.

– Tu ne veux pas dire que tu vas revenir ? m'inquiétai-je.

– Si !

– Ici ?

– Ici ! Personne ne saura rien. Je ne suis ni flic ni mouchard.

Et elle revint ! Elle ne se contenta pas de ramener ses manières de mère poule et ses fesses qui m'excitaient pour rien. Elle ramena aussi de l'aspirine, des pommades, des compresses, des conserves... le genre de choses qu'on voit dans les mains des curés et des infirmières. Maintenant qu'elle avait fait la connaissance de mes potes, je pensais être devenu pour elle un homme comme un autre : un Ézéchiel, un Canisius, n'importe quel pauvre Seth ou Déogratias errant entre le lac

Muhazi et le mont Kigali. Aussi, je fus particulièrement flatté lorsqu'elle se tourna vers moi et dit :

– Le lit picot, c'est pour toi !

C'est le mois suivant, je crois, qu'elle nous présenta cette Blanche que nous allions appeler Miss Human Rights, ou tout simplement « la Hirlandaise ». Notre langue, le kinyarwanda, n'a pas prévu de son pour prononcer un nom aussi peu plausible que Una Flannery O'Flaherty. Heureusement, Canisius, qui était né près de la frontière tanzanienne, baragouinait l'anglais. Sur son 4 × 4 à elle, il n'était pas marqué HCR mais Human Rights Watch, un truc que Canisius tenta de nous expliquer sans trop y parvenir. Déjà, c'était sans enthousiasme que nous recevions notre sœur Claudine (cela la mettait aux anges que nous l'appelions ainsi), alors, imaginez, une Blanche ! Nous ne nous étions pas concertés, aucun d'entre nous n'avait fait un effort particulier pour avoir un air hostile. Mais cela se voyait tellement que Claudine en fut gênée.

– Elle n'est ni belge ni française. Elle est irlandaise. Avez-vous entendu parler des Irlandais ?

– Non !

– C'est bien la preuve qu'ils ne nous ont rien fait de mal, eux. Allez, dites un gros bonjour à Una !

Rien ne venant, ladite Una s'avança vers nous en montrant ses dents fortes et blanches impeccablement rangées. Elle s'agenouilla devant la petite Alphonsine.

– T'en fais pas, Claudine, c'est parce qu'on ne se connaît pas encore. Mais ça ne va pas tarder, n'est-ce pas ?

La glace n'était toujours pas rompue. Elle ne perdit pas sa contenance pour autant.

– Attendez, dit-elle.

Et elle disparut vers son véhicule qu'elle avait garé au milieu des herbes. Elle revint avec des cerceaux, des ballons, des poupées, des sifflets. Chacun se précipita vers le providentiel mât de cocagne pour se saisir d'un objet, le tenir sous ses aisselles et revenir à sa place avec le même air renfrogné que l'instant d'avant. Une seconde fois, Claudine dut venir à sa rescousse :

– C'est pas gentil ce qu'elle vient de faire ? Dites merci, une toute petite fois !

Una se ravisa, tapa un grand coup sur son front buriné.

– Ah, je suis sûre que vous aimez la musique ! Le rap ! Le soukouss ! La salsa ! Samedi, vous savez ce qu'on va faire ? On va s'organiser une petite fête. Je viendrai avec mon magnétophone. Tu viendras aussi, n'est-ce pas, Claudine ?

Elles vinrent avec plein de biscuits, du soda et du jus de maracuja. Musinkôro, qui était bien futé, avait pensé à nous garder un peu de colle et de bière près de l'avocatier où nous allions nous remonter à tour de rôle en prétextant d'aller pisser un coup...

Je ne dis pas qu'elle n'était pas gentille, Miss Human Rights. Mais son pays était inconnu sous nos cieux et, franchement, nous étions bien mieux sans elle.

*
* *

Un soir, en sortant du bureau, Claudine fit quelque chose de tout à fait inhabituel. Elle m'emmena au café l'Éden pour qu'on boive un verre.

– J'ai parlé de toi à Una. Elle est d'accord pour te prendre.

– Me prendre où ?

– Attends ! Una est venue au Rwanda pour monter un orphelinat sur la route de Rwamagama. A présent, tout est OK : l'eau, l'électricité, même l'infirmerie. Ça fait deux mois que l'établissement a été ouvert. Comme tu t'en doutes, c'est déjà le trop-plein. Mais j'ai beaucoup insisté : elle a fini par t'accorder une place. Tu déménages la semaine prochaine. Qu'en dis-tu ?

– Dormir dans une vraie maison, je ne dis pas que je n'en rêve pas. Mais cette...

– Una est un ange. Et puis, pense à ta santé ! Tu finiras par attraper la gangrène ou la hernie à force de te faire battre par les pluies. Déjà, je n'aime pas beaucoup ta façon de tousser et tu as du pus dans les oreilles et un lentigo qui m'inquiète.

– Je n'ai pas envie de partir sans les autres.

– Les autres viendront, mais il faut que des places se libèrent.

Sans le savoir, je venais de signer un pacte. C'était ça, la Cité des Anges bleus. J'y déménageai sans enthousiasme ; à vrai dire, dans le secret espoir de voir plus souvent le derrière de Claudine. On me débarrassa de mes hardes, m'épouilla, me tondit les cheveux, m'enleva les poils des aisselles et du pubis, me passa à la salle de désinfection et me revêtit de neuf. C'était un grand dortoir en forme d'avion avec une aile pour les garçons et une autre pour les filles. On nous logeait à huit par chambre. Nous dormions sur des lits superposés avec des draps bleus tout propres et des couvertures de laine. On recevait des comprimés, on mangeait à sa faim. Il y avait une petite école à deux classes au pied de la colline avec un terrain de jeux en face du préau. La Cité des Anges bleus n'avait que deux inconvénients : la discipline stricte (mais Claudine m'avait prévenu) et les pleurs hystériques, absolument insupportables, qui montaient de l'aile des filles à n'importe quelle heure du jour et de la nuit. La journée, je m'éloignais vers les champs de manioc pour en diminuer l'effet sur ma tête et la nuit, j'avais beau me boucher les oreilles avec des graines de ricin, je n'arrivais pas à dormir. Ils étaient si violents qu'ils nous faisaient trembler davantage que le fracas du tonnerre dans les entrailles de la mine d'étain voisine. Personne ne pouvait les ignorer. On avait fini par les appeler « le tocsin ». Eh bien, la maîtresse interrompait sa leçon de choses et les lavandières revenant du puits s'arrêtaient sous les jacarandas, le temps que le tocsin se taise. Qui pouvait bien pousser des cris aussi inhumains ? J'interrogeais pensionnaires et cuistots. Mais personne ne pouvait satisfaire ma curiosité. On me parla de folie, de malédiction. D'après ceux qui les avaient aperçues, elles étaient trois (trois filles, voire deux filles et un garçon, selon l'état visuel de l'interlocuteur). Elles erraient dans la brousse parmi les chats sauvages et les singes quand un vieux prêtre les recueillit. Elles étaient dans un tel état d'hystérie et de malnutrition qu'on les avait nourries au biberon avant de les enfermer dans une chambre sans fenêtre de peur qu'elles ne cassent les vitres, qu'elles ne mettent le feu aux dortoirs, qu'elles ne dévorent la Hirlandaise. On avait bien fait de les isoler des autres. Un an qu'elles étaient là sans jamais fouler les couloirs, découvrir le potager ou s'essayer à jouer sur la balançoire ! Quelques rares privilégiés avaient vu leurs silhouettes quand on entrouvrait la porte pour les soulager de la camisole de force et les obliger à ingurgiter deux ou trois cuillerées de soupe. Seules la Hirlandaise et l'infirmière auraient pu les décrire (les traits de leur visage, la forme de leurs oreilles au cas où elles seraient entières). Mais notre bonne Hirlandaise avait des silences de confesseur et l'infirmière, ma foi, hormis quinine et pansement, elle ne savait pas dire grand-chose.

Puis l'intendant demanda à me rencontrer. Il m'attendait dans son bureau, il n'était pas seul. La Hirlandaise se tenait à côté de lui, en train de tricoter. A voir l'attention avec laquelle elle me regarda entrer, je compris : c'était elle qui m'avait convoqué, quitte à laisser à mon compatriote le soin de me sonder (entre mangeurs de manioc, on se comprend forcément mieux). Ils arboraient tous deux un air expressément grave. Ils n'allaient tout de même pas m'accuser d'avoir fracturé le magasin pour voler ce fameux carton de corned-beef, puisque Hilaire, le veilleur de nuit, avait été confondu et mis à la porte ! L'affaire, en tout cas, semblait sérieuse. La preuve, Miss Human Rights ne me demanda pas comme elle en avait l'habitude quand elle me croisait à l'atelier ou au réfectoire : « Alors, Faustin, as-tu des nouvelles de Claudine ? » Comment aurais-je pu avoir des nouvelles de Claudine ? Je ne recevais jamais de lettres et ne sortais que pour accompagner Bizimungu le chauffeur pour récupérer un colis à l'aéroport ou acheter des tubercules au marché.

– Dis-moi, Faustin, ton village, c'est bien Nyamata ?
– Oui, monsieur l'intendant !

Il jeta un regard dubitatif à Miss Human Rights, comme pour lui demander s'il pouvait continuer.

– Hum, bien !... Tes parents s'appellent bien Axelle Kabarungi et Théoneste Nsenghimana ?

– Là-dessus, aucun doute !

– Parle-nous un peu de Nyamata.

– Ben, il y a l'église, le terrain de foot, les porcheries de l'Italienne, la pharmacie Prudence, la station Shell, la succursale de l'Oprovia et bien sûr la commune.

– Comme tout le monde, tu entends de drôles de cris ici ?... Et tu te doutes bien que ces enfants-là ont perdu la tête ?... Vois-tu, si au moins on arrivait à savoir d'où ils viennent, cela permettrait, sinon de leur restituer la raison, du moins de les rendre moins sauvages...

– Qu'est-ce que moi, Faustin Nsenghimana, j'ai à voir là-dedans ?

– Rien à priori ! Seulement, nous les soupçonnons fort de provenir de la même région que toi. Quand ces trois petits diables se mettent à délirer, on croit entendre quelque chose comme Ntarama, Nyamata, Bugesera, Ngenda. Ces villages sont tous voisins, il me semble ?

– Les mêmes pâturages, le même hôpital, le même diocèse, le même marché hebdomadaire !

– Ce qui veut dire que, si notre hypothèse est la bonne, tu as pu les croiser un jour, eux ou quelqu'un qui leur ressemble. Maintenant, réfléchis bien. As-tu entendu des mots comme *chalchiche, kessa, con comme lèche, espera, certo*...

– Moi, ça me fait penser à de l'italien, intervint pour la première fois la Hirlandaise. Et si cela se confirme, c'est qu'ils sont bien de Nyamata. C'est le seul village où vivait une Italienne, cette Antonina...

– Non, Tonia ! Tonia Locatelli ! rectifiai-je professoralement.

– ... cette Tonia Locatelli qui s'est fait découper il y a deux ans presque en direct sur les ondes des radios internationales. Tu la connaissais, toi ?

– Si je la connaissais ! Notre maison jouxtait ses étables. Elle donnait à mes sœurs des cours de lecture et de broderie. Après les récoltes, Père s'occupait de ses porcheries contre un peu de viande et de lait. A ses dernières vacances en Italie, elle avait ramené à Mère un médicament qui l'avait guérie de cet engourdissement qu'elle avait toujours aux jambes et...

– Excuse-moi de t'interrompre. Ça te ferait peur qu'on aille les voir ?

Miss Human Rights appela l'infirmière qui se pointa avec sa chicotte et son monstrueux trousseau de clefs. La lumière de la cour n'éclairait qu'un pan du mur sur lequel ils étaient adossés mais je les reconnus sans avoir besoin d'écarquiller les yeux.

*
* *

Ils ne jugèrent pas nécessaire de me mettre aux fers ou de m'attifer d'une camisole de force. Ils avaient cependant pris la précaution de mettre ce costaud de Bizimungu à mon chevet. Il lui suffisait d'appuyer son coude sur mon échine pour venir à bout de mes agitations.

Bien plus tard, Hitimana, celui qui avait son lit audessus du mien, m'expliqua comment j'étais tombé en syncope : « L'infirmière s'était saisi de l'arrosoir pour nous chasser du couloir où l'on t'avait allongé. Mais

69

moi, je refusai de partir. Je me dissimulai derrière un pilier pour attendre que tu crèves. Tu comprends, je n'ai encore vu personne le faire. Toujours des gens qui râlent, qui saignent ou qui frissonnent mais qui ne meurent pas pour autant, même quand ils avaient leurs tripes dans les mains et un éclat de fer au milieu du crâne. Les perfides, ils attendaient toujours mon départ pour se décider à rendre l'âme ! Alors pour une fois que je pensais avoir devant moi un vrai mourant ! » Mes fièvres et mes convulsions s'amenuisant, ils me laissèrent seuls dans l'infirmerie. Doucement, je réappris à déambuler dans le couloir et à prendre mes repas au réfectoire. Et comme je puisais l'eau du puits sans la jeter dans les dortoirs et que je désherbais le potager sans arracher les tomates et les haricots, ils en conclurent que je n'étais pas devenu fou. Cela les aurait drôlement embêtés, eux, que je crève ou que je devienne timbré. J'étais devenu important : le détenteur du secret, le seul à pouvoir dénouer le mystère des trois petits diables, comme ils disaient.

Mais pour les édifier il fallait bien que je commence par éclaircir les choses pour moi-même. J'étais sorti du coma dans un état lamentable. J'avais des contusions partout à cause des coups que je donnais dans les panneaux du lit et sur les parois du mur. C'était comme si des orages éclataient dans ma tête à cause de tous les médicaments qu'ils m'avaient fait ingurgiter. Je délirai plusieurs jours, répétant inlassablement : *chalchiche*, *kessa*, *certo*, etc. Miss Human Rights et l'intendant me tâtaient le pouls, surveillaient mes lèvres. « Quoi ?... Fais un effort !... Tu les as reconnus, n'est-ce pas ? Disnous tout ! » Doucement les brumes s'éloignèrent de

70

mon esprit : les mots se firent plus précis, les images plus claires, plus évocatrices... *Salsiche, queija, rizotto, cafe com lette, ciao, certo, arrivedecci, muito obrigado, grazie...*

La route venant de Kigali traverse le pont du Nyabarongo, serpente entre les collines, fend en deux les champs de sorgho et les plantations de sisal. Voici la succursale de l'Oprovia, le terrain de football, le salon de coiffure, le tribunal. Après le bar de la Fraternité, elle se divise : une partie s'aventure vers les clôtures de fougères et les maisonnettes en terre rouge et finit par se confondre avec les grévéhias, les papyrus et les champs jonchés de fumier bordant le village à l'est ; l'autre s'emplit de graviers et va mourir au sud dans une cour ornée d'hibiscus et de kapokiers géants. A gauche, l'église, dont le toit en forme de trapèze masque le couvent des Brésiliennes ; à droite, la maison de l'Italienne, séparée des étables et des porcheries par une mince palissade de roseaux (la case où nous sommes nés est juste derrière, au milieu de ces arbres épineux que nous appelons *umugnigna*) ; tout droit, le jardin potager, les maisons des prêtres, l'école ménagère, l'internat des élèves... Je revois l'Italienne dans sa salopette bleue, se démenant de la cuisine aux étables, la mère supérieure brésilienne venue lui demander son lait, le père Manolo et son bréviaire, deux petites filles mâchonnant une tige de papyrus et, derrière eux, un petit enfant braillard et ventru qui a tellement de mal à marcher qu'on dirait qu'à chaque pas le bon Dieu va le rappeler à lui...

Hitimana mettait beaucoup de saveur à raconter comment, excédé par leur insistance, je brisai les lunettes de l'intendant et jetai au loin la chaise en fer où ils avaient l'habitude de poser mes ampoules et mes comprimés ainsi que les bandes de compresse servant à éponger mes sueurs et hurlai pour être entendu à une demi-journée de marche :

– L'une s'appelle Esther, l'autre Donatienne ! Le petit, c'est Ambroise ! Ce sont mes frères et sœurs ! Mes frères et sœurs, bande d'idiots !

*
* *

On me laissa reprendre mes esprits avant de nous confronter (deux paires de cinglés sous le même toit, cela ne fait pas forcément une famille !). La première fois, en présence de la Hirlandaise, de l'intendant et de l'infirmière uniquement. Ils vinrent me tirer du lit de bonne heure, bien avant que la camionnette du boulanger n'arrive et que Célestin, le cuistot, ne remplisse ses brocs de café au lait. Ils s'écartèrent pour me laisser entrer le premier. Ils se tenaient serrés les uns contre les autres derrière le chambranle de la porte et ils m'épiaient comme si c'était moi le démon. C'était de ma faute, tant qu'à faire ! La disette, le choléra, le bouillonnement des laves dans le cratère du Karisimbi, tout était de ma faute ! Tant qu'à faire, c'est moi qui avais déplacé le rocher de la Kagera, foutu un pieu dans le vagin de cette dame Mukandori (dont l'image de la momie empalée a fait le tour du monde), excité les démons et déchaîné les éléments !

Je butai contre une écuelle vide, glissai sur des traces d'excréments. La lumière de la bougie, que tenait derrière moi l'intendante, m'évita de piétiner Ambroise, de m'affaler sur Donatienne. Ils étaient couchés en quinconce à même le sol, plus mal fichus que je ne l'imaginais. Il était impropre de dire qu'ils avaient maigri, ils auraient plutôt rétréci, seraient redevenus les enfants que j'avais connus. J'avais neuf ans, Esther sept, Donatienne quatre et Ambroise deux. Père était parti se louer dans les mines du Zaïre. Mère sarclait le champ de haricots du côté des marais. C'était à moi de les amuser avec des poupées de chiffon et des boîtes de sardines remplies de graviers et en cas de besoin de leur donner le lait caillé ou la bouillie de sorgho...

Je m'avançai avec une sérénité qui m'étonna. J'étais près du but. J'allais pouvoir les étreindre. Mais les cris ! Je reculai vers la porte où étaient restés les autres, ils cessèrent aussitôt. Cela se répéta deux ou trois fois. C'est à ce moment que je pensai à la berceuse que notre mère nous chantait. Ambroise seul réagit, les autres continuèrent leurs épouvantables vagissements, détournant sciemment leurs yeux exorbités et injectés de sang. J'ouvris grands les bras comme Mère savait le faire quand elle revenait des champs avec des avocats mûrs et du bon jus de maracuja. Il se roula en boule comme un petit chat et se mit à sangloter mais finit tout de même par se laisser embrasser. Je le berçai en marchant de long en large, m'efforçant d'imiter le mieux possible la voix et les gestes de Mère. Les sanglots s'espacèrent. Il se blottit contre ma poitrine et, une minute après, dormait comme un sabot. Sûr que l'effet de contagion existe : les petites, s'étant tues, regardaient la scène avec la curiosité qui était la mienne quand il y avait des scènes d'amour sur le petit écran du bar de la Fraternité ! J'arrêtai de fredonner la berceuse et me mis à prier tous les pouvoirs qui me passèrent par la tête : Imana et le Saint-Esprit, le rocher de la Kagera et les gris-gris du vieux Funga. Je voulais que tous réunissent leurs prodiges pour rendre éternel le calme qui régnait à ce moment-là. Je remarquai avec réconfort que les regards des deux petites s'étaient détachés des mains d'Ambroise nouées autour de mon cou pour se fixer sur mon visage. Je ne savais pas si elles m'avaient reconnu. Mais c'était rassurant de les voir bâiller et se frotter les yeux comme si elles sortaient d'un doux sommeil. « C'est le varan qui rampe avec le varan et c'est la biche qui reconnaît la biche ! » disait le vieux Funga.

*

* *

On les changea de chambre. L'intendant avait vu juste : ma présence eut sur eux un effet bénéfique. Bien que l'on dût attendre deux semaines pour qu'ils m'appellent par mon nom et trois pour qu'ils évoquent l'existence de nos parents. En revanche, ils arrêtèrent assez vite de faire dans leur culotte et émirent dès les premiers jours des signes de langage humain. On me laissa le loisir de m'occuper d'eux dorénavant. Je les lavai, les épouillai, les gavai de yaourt et de bouillie de sorgho, de lait de coco et de jus de maracuja. Quand ils regagnèrent suffisamment de chair pour pouvoir supporter l'effet d'une piqûre et atteindre le corridor sur leurs deux pieds, on fit venir un médecin de la ville. Au bout de quatre mois, ils étaient devenus des pensionnaires comme les autres qui prenaient leur douche tout seuls et mangeaient au réfectoire sans se faire aider. Je me gardai néanmoins de leur demander tout de suite ce qui leur était arrivé depuis le jour où l'on s'était quittés, de peur que leur chair ne retombe en lambeaux et que le barouf ne recommence. Avais-je pensé à eux durant tout ce temps ? Je n'en étais pas sûr. Tous mes souvenirs avaient été pour nos parents, ma seule excuse étant que je n'avais jamais imaginé ceux-ci sans la compagnie de ceux-là. Les observant dans la cour ou sous le préau de l'école, j'essayais de me rappeler les derniers instants que nous avions vécus ensemble. Il me vint comme un éclair qu'ils n'étaient pas à l'église quand le brigadier Nyumurowo s'empara de mon cerf-volant. Non, on ne les avait pas oubliés à l'étable ou dans la bananeraie. Le 15 au matin, avant que les camions débouchent sur la place, la mère supérieure brésilienne était venue comme à son habitude réclamer ses bidons de lait. Depuis la mort de l'Italienne, c'est mon père qui s'occupait de cette corvée-là, « en attendant » comme il aimait à le dire. « En attendant quoi, mon pauvre Théoneste », lui demandait la mère supérieure que sa formule excédait autant que ses beuveries. « Ben, qu'ils amènent une autre Blanche, ou alors que moi je crève ! » Cela faisait bientôt deux ans ! Aucune nouvelle Blanche n'était venue, et mon vieux père de Théoneste se portait toujours comme un charme, même ce turbulent matin du 15 où l'avenir semblait si sombre que, vers six heures, Funga avait jeté dans les marais ses grimoires et ses philtres. Je me souviens que la mère supérieure qui aimait tant le brocarder s'en était aperçue :

– Tu n'as pas l'air de t'en faire, toi ! C'est vrai que, pour s'en faire, il faudrait un peu d'esprit. Et toi, l'es-

sais même pas ce que c'est. Tu pourrais rigo-
il sur la potence sans te douter de ce qui t'arrive. Tu as raison, va! C'est mieux que tout ce petit
monde qui s'agite. Il paraît qu'il y en a même qui se
sont enfuis dans les papyrus des marais. Les idiots, j'ai
beau leur dire qu'il ne se passera rien ici! Ça s'est toujours arrêté à la commune de Kanzenzé; ça n'a jamais
dépassé le pont, même en 1972. On ne connaît pas ça
par ici! Au couvent, nous avons prié toute la nuit. Les
pères belges ont donné une messe. Il ne se passera rien,
tu verras!

Elle avait dit cela pendant que mon père aidait son
boy à rassembler les bidons sur le chariot en s'esclaf-
fant de ce gros rire de nigaud bienheureux qu'il portait
depuis les limbes et qui rassurait tous les voisins. Elle
était déjà au niveau du potager quand elle se ravisa,
comme si elle doutait soudain de ce qu'elle venait de
dire:

– Donne-moi les petites! Elles m'aideront à écosser
les haricots. Et puis...

Je ne crois pas avoir retenu ce qu'elle avait dit après.
Mais au moins les choses étaient claires: ils n'étaient
pas à l'église quand le brigadier Nyumurowo s'empara
de mon cerf-volant, ils étaient au couvent des Brésiliennes. C'est ce qui les avait sauvés. L'église n'est pas
faite que pour sauver nos âmes, elle est faite aussi pour
sauver nos vies. Mère m'a raconté comment, jeune fille,
le père Manolo la sauva sans le faire exprès, en 1972.
Elle s'apprêtait à rejoindre sa copine Suzanne à Kanzenzé pour confectionner des baudriers de perles et ces
jupes en peau de serval que nous appelons *inkindi*
quand le père Manolo lui rappela qu'il comptait sur elle

pour le chœur du lendemain. Et elle fit bien de s'exécuter, car le lendemain son amie Suzanne fut surprise chez elle par un as de la machette.

Toujours est-il que je n'étais plus seul au monde. Le Seigneur s'était surpassé en miracles pour que je retrouve mon frère et mes sœurs, il fera bien mieux encore pour que je retrouve mes parents, n'importe où ! Je n'aurai qu'à ne jamais écouter les gens de mauvaise augure. Père est à Mabanza et Mère est avec lui. Nous rentrerons bientôt chez nous quand le rocher de la Kagera aura retrouvé sa place. Il sera juste temps pour la récolte des bananes et la fête des *intore*. Comme avant, mon cousin Thaddée et moi, nous fabriquerons des jeux d'*igisoro* ainsi que des boucliers et des lances et nous nous mesurerons à la lutte durant la saison morte lorsqu'il n'y aura plus l'igname à planter et le sisal à couper. Je les regarderai grandir et le jour viendra où Esther et Donatienne se marieront. Alors, j'irai tuer deux vigoureux buffles, je leur offrirai les cornes pour orner la devanture de leur case. Je boirai la part de six guerriers, je danserai la danse des *intore* et je défierai à la lance les maris des douze amantes que j'aurai, entre-temps, conquises.

*

* *

On mangeait bien à la Cité des Anges bleus. On dormait bien, on rigolait bien. On n'avait pas de poux dans les cheveux et ces méchantes tiques aux orteils qui vous déchiquettent la chair. Il y avait tout ce qu'il fallait pour vous soigner les diarrhées et les plaies, nettoyer vos mycoses et vos gales, vous prémunir de la lèpre et de la *concocerchose*. Non, je n'avais pas à me plaindre. Était-ce à cause de Claudine ? En dépit de mes sautes d'humeur, la Hirlandaise m'avait à la bonne. Ce qui fait que Célestin, le cuistot, me rajoutait une portion de purée d'igname même quand je n'avais plus faim et que, quand le soleil était trop dur, l'infirmière me dispensait des travaux du potager pour que je l'aide à ranger ses médicaments. Le *pernangamate* à droite, le *merchrocome* à gauche et la *pellicinine* aux étagères du milieu. Il y avait un très haut tabouret sur lequel elle se juchait souvent pour se retrouver dans ses pommades et ses compresses. Je voyais les poils qui dépassaient de son slip. Ses cuisses étaient moins fermes, plus couvertes d'éraflures et de plis que celles de Claudine. Je l'aurais sautée quand même si elle avait voulu. Depuis que j'étais là, je n'avais pas approché une femme à moins d'un mètre cinquante. La nuit, je mouillais mes draps en pensant à Josépha ou à Émilienne. Je crois que je n'aurais pas hésité si cette folle de Mukazano s'était glissée dans mon lit.

Quelqu'un me demanderait aujourd'hui pourquoi j'ai fui la Cité des Anges bleus, je ne saurais quoi lui répondre. Il n'y avait aucune raison en vérité ou bien alors si : il y a toujours une raison derrière une belle connerie. Pour être honnête, je n'étais pas venu là pour rester. Je l'avais fait parce que Claudine me l'avait demandé et, pourquoi le cacher, parce que je nourrissais le vague espoir qu'elle serait avec moi et que le soir, quand les autres se seraient endormis et que les chiens se seraient tus, elle m'aurait fait signe pour que je la rejoigne dans son lit. Tu parles !... Ah oui, hein, j'étais heureux de manger à ma faim, de dormir dans un vrai lit sans être assailli par les moustiques et les rats. Seulement, je n'imaginais pas les choses ainsi. Une vie sans chahut, sans came, sans partie de jambes en l'air, ça ne se voit qu'au séminaire et encore ! L'idée de fuguer me hanta dès les premiers jours. Mais quelque chose m'empêchait de me décider : la séance hebdomadaire de cinéma ou peut-être les fameux cris qui m'intriguèrent dès le début. J'eus beau me contenir, les premiers accrocs avec la Hirlandaise se révélèrent inévitables.

Elle vint me trouver un soir sur la balançoire où je fredonnais les vieux chants de guerre que m'avait appris mon père, en regardant les étoiles.

– Il est l'heure, Faustin ! me dit-elle.

– Ah ça oui ! répondis-je naïvement, me disant que, depuis que le monde est monde, il avait toujours été l'heure.

Mais elle n'avait pas l'air de bien comprendre. Et c'était comme si elle devenait nerveuse.

– Allons ! me cria-t-elle au bord de la crise.

– Où ça, madame ?

– Il est temps d'aller au lit, si tu veux tout savoir !

– Je n'ai pas encore sommeil. C'est à peine le crépuscule.

– Les autres dorment déjà !

– Comment voulez-vous qu'on ait sommeil en même temps ? Nous n'avons pas les mêmes paupières, nous n'avons pas les mêmes rêves.

Elle était comme ça, la Hirlandaise ! Là-bas, chez elle, les gens avaient sommeil en même temps, ressentaient les brûlures de la faim au même moment et, à une seconde près, l'envie d'uriner leur venait du même coup. Je me rendis très vite compte qu'il était inutile de lui expliquer qu'ici c'était différent : chacun vivait selon son heure, même pour aiguiser sa machette. La salope, elle connaissait mon point faible. A chaque incident, elle appelait Claudine ; et comme je ne voulais pas faire de la peine à celle-ci, je rentrais dans le rang en me jurant qu'à la première occasion je dévasterais le poulailler avant de prendre la fuite. Et puisque finalement j'avais, pour ainsi dire, rassemblé ma famille, l'occasion ne tarda pas. Un matin, je me faufilai dans le poulailler, tordis le cou à une dizaine de poulets que je cachai dans les sacs de jute dans lesquels Bizimungu mettait sa fournée de pain. Je réveillai les petits. Sous la bâche de la camionnette, nous étions aussi invisibles que dans la caverne de ce sacripan d'Ali Baba dont nous parlait le maître d'école. Bizimungu démarra sans se douter de notre présence. Il descendit pour prévenir de son arrivée le boulanger de l'avenue des Mille-Collines. Nous sautâmes à terre sans nous faire remarquer.

*
* *

Rien n'avait changé au QG. Musinkôro était fou de joie : pour mon retour et pour la quantité de nourriture que j'apportais, je suppose. Un joint pour fêter les retrouvailles et toute la famille se réunit au salon.

– Tu as trouvé du gibier en chemin, à ce que je vois ! dit Musinkôro, faisant allusion à ma compagnie. Mais ce petit ?…

– Ce n'est pas ce que tu penses, ami. Ces filles sont mes sœurs et lui c'est mon petit frère, Ambroise.

– Tu plaisantes! Des frères, personne n'est plus sûr d'en avoir!

– Eh bien moi, si! Je dois être plus verni que les autres!

– Parce que tu crois que c'est un coup de chance que d'avoir trois bouches à nourrir?

Il fourra ses mains dans les sacs de jute et hurla à la cantonade:

– Josépha, Émilienne, Tatien, plumez-moi ça! Une partie servira de bouillon pour aujourd'hui, le reste vous n'aurez qu'à le rôtir pour les prochains jours!... Tu as bien fait, Faustin, les choses ne sont plus comme avant!

Il roula un autre joint et me parla avec beaucoup d'amertume de M. Van der Poot. M. Van der Poot, tout le monde le connaissait en ville bien avant que cette sombre histoire de coutumes et de mœurs ne lui arrive. M. Van der Poot, il est à la fois blanc, flamand et belge, ce qui fait qu'il ignore trois fois plus que les autres nos manières de vivre à nous. Pourtant il résidait au Rwanda bien avant les *avènements*. Il connaissait par cœur les noms de nos collines, nos passions intertribales et les chansons de nos ivrognes. Il n'y avait pas mieux que lui pour apprécier l'*umutsima* (notre pâte de banane), le steak de zèbre et l'alcool de sorgho. C'était un bon père de famille qui chantait à l'église avec ses enfants et qui aimait tellement sa femme qu'il lui mangeait les lèvres au milieu de la rue. Mais il n'y avait pas que sa femme qu'il aimait; il aimait aussi les escrocs et les paralytiques, les vieillards et les enfants, même, au dire des indiscrets, les putes de la rue du Mont-Kabuyé. Surtout les enfants! On entendait souvent dire qu'il n'était pas seulement un agent technique mais aussi un fieffé *pédrophile*.

Il travaillait à la coopération belge. Sa femme était comme lui : agent technique. Les Blancs, ils mènent une double vie : chez eux, ils s'occupent de leur carrière ; ici, ils s'occupent de nous coopérer. Allez comprendre pourquoi après tant de temps M. Van der Poot n'avait toujours rien compris à nos histoires de coutumes et de mœurs. Chez nous, monsieur Van der Poot, quand on désire une fille, on donne du sorgho et de la bière à ses parents et on la déflore au su de l'ensemble de la tribu et quand on n'en a pas, on la culbute au premier fossé sans préliminaires et sans se laisser prendre. Et vous, vous vous êtes laissé prendre ! Par qui ? Par Froduald, le gendarme, qui, à vrai dire, ne cherchait qu'à arrondir ses fins de mois. Mais, ce soir-là, vous aviez trop tiré sur le Johnny Walker, ce qui fait que vous vous êtes énervé pour rien. Vous avez refusé, cette fois, de donner la popote à ce malin de Froduald :

– Le prix de la bière, monsieur Van der Poot, le prix de la bière seulement !

– Rien du tout, macaque ! J'ai décidé de ne plus payer ! On y laisserait ses plumes, si on vous écoutait. Va donc chasser les topis si tu sais te servir de ton fusil. Parce que le fusil, c'est de la mécanique, figure-toi ! C'est pas aussi facile à manier qu'une machette de coupeur de canne !

Cela ressemblait fort à une rupture de contrat. Froduald, il ne se cassait pas les couilles dans les couloirs de l'hôtel des Mille Collines que pour assurer la sécurité. Il était aussi chargé d'alerter les petites qui mendiaient sous les flamboyants de l'Office du Tourisme et des Parcs nationaux quand une affaire se présentait. Une fois que vous aviez rejoint la chambre, c'est lui qui faisait les cent pas dans les couloirs avec son treillis en lambeaux et son fusil à canon scié pour intimider les voyeurs et les femmes de ménage. Cela valait bien une petite pièce et un peu de considération. Mais vous aviez trop tiré sur le Johnny Walker et quinze années parmi nous ne vous avaient pas habitué pour de bon à nos lubies tropicales. Les tornades, les mouches, les odeurs de viande boucanée et de beurre rance, les trottoirs infectés d'urine vous faisaient sortir de vos gonds. Les jurons et les gros mots fusaient sans que vous le fassiez exprès : « Ouakaris, bononos, mangeurs de chenilles et de varans ! » Ce jour-là, vous avez traité Froduald de « titi à fraise » ! Titi à fraise ! Ah, monsieur Van der Poot ! Comble de malchance, c'était cette pouilleuse d'Émilienne qui n'a pas son pareil pour précipiter la perte d'autrui qu'on vous avait jetée dans les pattes. Elle s'était mise à se rouler par terre et à hurler (s'étant au passage furtivement badigeonné le vagin avec le tube de sang de poulet qui ne la quittait jamais) aussitôt que Froduald avait fait retentir son sifflet et tiré une balle dans la porte de l'ascenseur pour donner l'alarme. Le commissaire Théodomir vous avait à l'œil depuis que vous aviez traité sa belle-sœur Immaculée (la fleuriste de l'avenue de la République) de sac à merde et de gros boudin noir. Or vous n'aviez toujours pas dessoûlé. Vous avez dit des méchancetés sur notre police, « une camarilla de gueux ! », et sur notre armée, « la légion des fantômes ! ». Mieux vaut taire le nom des bestioles qui, selon vous, fourmillent sur le pubis de nos femmes et celui des maladies qui leur rongent les fesses. C'en était tellement trop que le commissaire Théodomir préféra sourire :

– Vas-y, écrevisse, vas-y, déconne comme tu veux ! Rassure-toi, je ne vais pas te faire expulser, ce serait trop facile !

Et hop, cent coups de fouet et sept nuits au dépôt avec les camés et les petits malfrats. Alors vous vous êtes mis à pleurer comme un enfant sans même prendre la peine de vous cacher les yeux. Seulement, un Blanc qui pleure, ça ne fait même pas pitié. C'est vrai que, par ici, des Blancs qui pleurent, on n'en avait jamais vu, comme si toutes les larmes du monde avaient été faites pour nous autres Noirs. Les détenus, les gendarmes, tout le monde a rigolé en vous montrant du doigt. Et devant les barreaux de la cellule, cette écervelée d'Émilienne qui s'était griffé le visage et les cuisses montrait sa chose à tout le monde et hurlait plus fort que le muezzin. Elle raconta combien de fois elle avait tenté de résister avant de succomber à vos assauts de bête en rut : « Comment voulez-vous à dix ans et face à un gros porc comme lui ? » Les badauds accourus l'approuvaient bruyamment. Certains proposaient de vous dépecer en commençant par l'organe fautif, d'autres de vous plonger nu dans un fût d'huile bouillante. « Quoi de mieux pour une écrevisse ? » s'était esclaffé le commissaire Théodomir, d'ordinaire si austère.

L'affaire avait fait la une des journaux jusqu'en Ouganda. Seulement votre pays obtint que vous fussiez consigné dans une chambre de La Mise Hôtel en attendant de plus amples informations, avec ordre de vous présenter tous les matins au commissaire Théodomir. Vous en avez de la chance, monsieur Van der Poot. On vous aurait jeté en prison, je vous aurais fait pire que ce qui me vaut d'être en ce moment au Club des Minimes. Sans blague, monsieur Van der Poot! Sans blague!...

*
* *

Nos gars à nous n'ont rien de *pédrophiles*. Ils ne savent même pas ce que c'est, pour y porter un jugement. Rien de plus naturel dans nos collines que de marier une pubère ou de la sauter à la première occasion quand on vit en ville. On en voit une passer dans la rue? On ne se contente pas de se rincer l'œil. On touche sa croupe, on palpe ses seins sans craindre les juges ou l'œil intransigeant du Christ. Et si, pendant ce temps, les plus hardis se déboutonnent la braguette ou se laissent aller à des propos insensés, cela fera tout juste rire le chaland (à chacun ses coutumes et ses mœurs, monsieur Van der Poot). Cela, je m'en suis rendu compte la première fois que j'ai emmené mes frangines devant la librairie Caritas. Des visages lubriques se profilaient derrière les baies vitrées, des motos klaxonnaient, des voitures freinaient brusquement à notre hauteur. Je devais sûrement m'être transformé en farfadet ou en clown! Dans ce genre de situation, on ne comprend pas tout de suite. Ma première réaction fut d'inspecter mes haillons, au cas où quelque chose d'insolite s'y serait niché. Mais non, les regards et les chahuts n'étaient pas pour moi. Sans que je m'en rende compte, Esther et Donatienne étaient devenues des femmes. Une sourde colère mêlée à un incompréhensible sentiment de honte s'empara de moi. Ces regards fiévreux conver-

geant sur leurs corps me faisaient penser à un grouille-
ment de chenilles sur le dos d'un nouveau-né. C'est ce
jour-là que je décidai d'avoir un revolver moi aussi.

– Que vises-tu, grand fou ? me demanda Sembé lorsque
je me confiai à lui. Au cas où il s'agirait de la poste ou
de la Banque du Rwanda, ne compte pas sur moi.

– Mène-moi chez ton fournisseur ou alors revends-
moi ton arme !

– Ça te coûtera vingt mille mais je tiens d'abord
à être au courant.

– Cela ne regarde que moi.

– Ah, je comprends ! Tu comptes te farcir tout seul le
magot de la Hirlandaise ? Je pensais que nous étions amis !

– Le magot de la Hirlandaise ?

– Ne fais pas celui qui ne sait pas ! Chaque lundi, Bizimungu, son chauffeur, l'accompagne à la Banque afri-
caine continentale pour qu'elle retire son budget de la
semaine. L'entretien de deux cents petits gars sans père ni
mère, ce doit être tout de même une sacrée cagnotte, non ?

– La Hirlandaise, je ne l'aime pas beaucoup mais je
ne lui ferai jamais ça ! Si je n'étais pas ingrat, c'est
Maman que j'aurais dû l'appeler.

– Ah, toutes ces pauvres femmes qui auront été nos
mamans !

*
* *

A sa deuxième visite, Claudine avait l'air moins ras-
surante :

– Je m'excuse d'avoir tant traîné avant de revenir te
voir. Mais, tu comprends, fallait que je voie le juge.

– Alors ?

– Alors, les choses ne sont pas si simples.

– Vont-ils me pendre ou me donner aux hyènes ?

– Tu n'es jamais aussi dégoûtant que quand tu te crois drôle. Pour l'instant, il n'est pas question de te pendre mais plutôt de faire avancer ton dossier. Cela prendra un an, cela prendra deux ans, qui sait ?

– Bref, j'ai du sursis devant moi !

– Tu appelles ça un sursis, avec toutes ces maladies qui rôdent ! (Elle détourna son regard et se toucha furtivement l'œil – voulait-elle essuyer une larme ? – avant de continuer :) Sois-en sûr, je ferai tout pour te sortir d'ici !

– Combien je risque ?

– Le juge m'a dit qu'il y a trois catégories de coupables : les complices (de zéro à cinq ans), les exécutants (de cinq à vingt ans) et les organisateurs (la perpétuité ou la potence). Mais toi, tu es un cas à part. Tu as toujours été un cas à part, Faustin Nsenghimana !

Elle avait dit ça sur un ton qui sentait la férocité, comme si elle voulait se délivrer de quelque chose. Elle s'était peut-être enfin décidée à me voir tel que j'étais : une belle ordure et non le petit martyr que son esprit compliqué s'était inventé tout seul. Elle soupira, visiblement impuissante à cacher, mais quoi au juste : sa lassitude devant les geôliers et les juges, son exaspération ou plus sèchement le dégoût qu'avait fini par lui inspirer mon trouble personnage ? Elle entrouvrit les lèvres mais aucun son ne sortit de sa bouche. Son regard se tourna vers la vitre percée et le bois vermoulu de la porte. « Héler les jabirus, arrêter pour de bon ces stupides visites, m'occuper enfin de ce qui me regarde, de ce qui en vaut vraiment la peine », devait-elle se dire. Je frissonnai. Cela ne servait à rien de se voiler la face : j'avais peur de la perdre. C'est comme ça, même quand on est un irrécupérable, même quand on a rejoint l'enfer, on a besoin de quelqu'un pour vous relier au monde. Surtout que, me concernant, ce quelqu'un s'appelait Claudine, c'est-à-dire une gonzesse avec un porte-monnaie plein, des yeux merveilleux et une paire de fesses qui avait le don de détourner vers elle les regards de toute une rue. Elle laissa volontiers durer le silence, comme pour me faire comprendre jusqu'où pouvait nous mener mon exécrable tempérament. Que faire dans ces cas-là sinon jouer avec un pan de ses hardes en se tordant la bouche ?

– Euh !... finis-je tout de même par dire. Le QG... Il t'arrive de faire un tour au QG ?

Seul l'embarras pouvait me faire dire ça. Le QG, je ne voulais plus qu'une chose : le gommer de ma mémoire depuis cette maudite nuit où je m'étais enfui, poursuivi par les chiens. Pour moi, tous ceux qui l'habitaient étaient devenus des fantômes, même Esther, même Donatienne, même mon jeune frère Ambroise. C'est comme ça.

– Le QG ? Mais... y a plus de QG. Le soir même, la police les avait tous vidés... Je t'ai dit que Sembé était mort, non ?

– Oui !

– Ne me demande pas des nouvelles de tes frère et sœurs. Je n'en ai aucune moi-même.

Ce devait être une astuce pour s'éloigner davantage de moi. J'essayai de la rattraper avec le premier hameçon venu :

– Merci pour l'avocat… et pour tout le reste.

– C'est rien ! C'est drôle, tu ne m'as jamais demandé des nouvelles d'Una. C'est vrai que tu ne demandes jamais des nouvelles de personne…

– Alors, qu'est-elle devenue ?

– Je ne sais pas au juste : l'Inde, le Cambodge ou peut-être la Somalie. Elle a quitté le Rwanda depuis bientôt un an.

– La Cité des Anges bleus, elle existe toujours ?

– Si on veut ! Ses murs s'effritent doucement depuis qu'on l'a refilée à l'État… Ah, tout cela ne serait pas arrivé si tu étais resté à la Cité des Anges bleus ! Tu vas y retourner si on te sort d'ici, n'est-ce pas ?

– Quelle question !

Elle me caressa les cheveux de manière moins maternelle que d'habitude. Cela me fit du bien. Elle continua de parler pendant que sa main s'attardait sur ma nuque.

– Je te sortirais d'ici. Ce n'est pas de ta faute. Non, tu n'es pas un mauvais bougre, c'est l'époque qui le veut ainsi.

Plus que jamais j'avais envie d'elle. Je réussis à réfréner mes élans. Mes lèvres se seraient jetées sur sa bouche sinon, mes mains se seraient perdues dans sa généreuse poitrine. Mais elle ne devait pas se douter de mes intentions. Elle me souriait. Était-ce exprès que ses gros yeux brillants étaient restés braqués sur moi, exprimant pour ma pauvre personne sinon la passion dévorante que je souhaitais, du moins une compassion, une sincère tendresse de femme ? Malgré mes haillons alourdis par la crasse, ma peau émaillée de gale, mon odeur de chien mort…

– Tiens, je t'ai apporté ça ! dit-elle avant de partir.

Elle me tendit un colis enveloppé de papier kraft. C'était du savon, de la pâte dentifrice, des brosses à dents, un peigne, plus une paire de chaussures et une magnifique saharienne de toile. Le genre de cadeau qu'aucune femme ne vous ferait sauf votre amante (votre mère aussi, c'est vrai).

– Tu vois que je pense à toi ! Allez, je reviendrai dès que possible. Aie confiance, je bousculerai l'avocat et le juge, je remuerai ciel et terre !

Elle avait l'air si sincère que quand, de retour à ma cellule, on me demanda le nom de la bonne fée qui m'avait accoutré ainsi, je répondis, tout guilleret :

– Ma fiancée, pardi ! Vous verrez comme tout vous semblera facile le jour où vous en aurez une, vous aussi !

*
* *

De ce jour et jusqu'à ma catastrophique prestation au tribunal, elle vint me voir pratiquement tous les vendredis et jamais les mains vides. Le directeur m'avait autorisé à goûter aux plats qu'elle m'apportait dehors, tout au fond de la cour, sous l'eucalyptus adossé au pan nord de la muraille. Il nous arrivait d'y rester tout l'après-midi. Quand je demandais des grains de sorgho, j'étais sûr d'en avoir à sa prochaine visite ; de même que les haricots au beurre de vache ou l'*ubugari*, notre bonne pâte de manioc, si consistante, ma foi, que quand vous en prenez une bouchée vous pouvez survivre une semaine sans rien avaler de plus. A côté de la bouffe, il y avait toujours une petite surprise pour moi :

une cartouche d'Ambassadeurs, un litron de bière de banane ou un drageoir de bonbons au miel. Figurez-vous qu'elle s'était mis dans la tête de me coiffer et de me couper les ongles elle-même. Imaginez qu'elle avait soudoyé la cuisinière en chef pour que celle-ci m'apporte un baquet d'eau. Comme ça, je pouvais prendre une douche – une vraie ! – dans le réduit de tôle servant de cabinets aux jabirus. Tout cela est interdit, bien entendu. Mais, comme le disait mon bon Théoneste de père : «La saveur de la vie est dans le fruit interdit, même les Blancs le savent ! » La vie est une étrange course d'obstacles : toutes les haies sont interdites, eh bien, pourquoi les gens naissent-ils sinon pour les franchir ? Et, croyez-moi, il n'y a rien qui ressemble autant à la vie que la prison. Tenez, ici aussi, il est interdit de cracher par terre, de manquer de respect aux jabirus, de commettre le péché de chair, de voler le bien d'autrui et de trucider son prochain. Au début, il était même interdit de porter ses propres vêtements, d'apporter son manger et de fumer dans les cellules. Mais depuis ces fameux *avènements*, tout fonctionne à l'envers. Chacun s'évertue à enfreindre les règles.

Quand je dis règles, bien sûr, je parle de celles de l'administration. La loi du milieu est inviolable, elle, le moindre écart se règle entre hommes, c'est-à-dire au couteau. On n'est jamais à l'abri du couteau, même pour un petit protégé comme moi : voilà la leçon qu'il vaut mieux retenir lorsqu'on entre pour la première fois ici. La dysenterie et la malaria sévissent moins souvent et tuent plus lentement que les coups de canif. On est obligé d'être sans arrêt sur ses gardes. Dormir, voilà le moment le plus angoissant ! Depuis mon arrivée ici, je me réveille en sursaut une dizaine de fois, la nuit, le front en sueur, en appelant ma mère au secours (mon nouveau statut de condamné à mort n'a rien pu y changer). Au début, je pensais que cela venait, comme le disait souvent la Hirlandaise, des *taumatrismes* que j'avais subis. Mais la Hirlandaise, elle ne pouvait pas comprendre. Avec les Blancs, c'est difficile de parler, nos mondes ont été faits comme si les pieds de l'un étaient la tête de l'autre. Eux, ils sont francophones, belgeophones ou suissophones. Nous, on parle seulement kinyarwanda. Hutus, Tutsis, Twas, tout le monde, il parle kinyarwanda. Je n'avais pas manqué de lui en faire la remarque, le soir où nous nous sommes accrochés à la balançoire. Et vous savez ce qu'elle m'avait répondu, cette traînée d'*umuzungu*, comme on nomme ceux de sa race par ici ? « Ça ne vous a pas réussi ! Parlez donc plusieurs langues, peut-être que vous vous comprendrez mieux ! » Eh bien qu'elle aille rôtir aux Indes, Madame la Hirlandaise ! Parce que ce n'est ni une histoire de langue ni une histoire de *taumatrismes*, c'est une histoire de couteau. Ce n'est pas parce que ce phacochère de brigadier m'a ôté mon cerf-volant à l'église ni à cause de ce qui est arrivé à mes frères que je délire la nuit. C'est la peur du couteau. Au point où j'en suis, ça m'est égal de crever. Mais, grands dieux, pas par la lame d'un couteau !

*
* *

Pourquoi diable ne me suis-je pas armé ? Avec l'argent et les cigarettes que Claudine me donnait, j'aurais pu me constituer un petit arsenal, histoire de dissuader les grosses brutes. Je regrette parfois mon beau petit revolver. On me demanderait ce qu'il est devenu, je ne saurais trop quoi répondre. Je crois l'avoir jeté dans un de ces champs de maïs bordant les bidonvilles de Muhima pour mieux pouvoir courir, ce maudit soir où mon destin bascula. « L'enfant sait courir mais il ne sait pas se cacher. » J'aurais pensé à cette parole des anciens, je me serais rendu tout de suite à la police au lieu de lui faire perdre du temps...

Tatien, je le tuerai ! Du moins, c'est ce que je me disais en mettant les pieds au Club des Minimes. Je n'en suis plus sûr maintenant, même si par miracle je sortais d'ici. En prison, on ne perd pas que ses cheveux et ses ongles, on perd ses premiers instincts aussi. Sans s'en rendre compte, on se met à brûler ce qu'on adorait hier et à aduler ce qui nous semblait abject. Et puis, est-ce bien la faute de Tatien ? Avec ou sans lui, ils m'auraient retrouvé quand même. Dire que j'avais eu largement le temps de m'enfuir ! Cela avait bien duré trois semaines avant qu'ils ne soupçonnent ma retraite. J'aurais pu facilement gagner le Burundi ou la Tanzanie, vu que le Rwanda c'est un tout petit pays (deux enjambées d'éléphant tout au plus, même pas un pas de géant). J'aurais récupéré mes parents à Gabiro ou à Kigembe. On aurait croisé le vieux Funga errant à travers les forêts d'euphorbe et de ficus et en conversation avec les génies... Seulement, voilà : je n'avais plus à cœur de refaire les routes. Les orchidées ne devaient plus avoir les mêmes odeurs ni les figuiers de barbarie les mêmes feuilles sur les branches. Et puis, dans tel village, on m'aurait traité de génocideur et dans tel autre de mouchard. C'est mieux que les choses se soient passées ainsi. Puisqu'il faut mourir, mieux vaut le faire comme les vieux éléphants : dans un endroit connu d'avance et sans trop fournir d'effort. Je bénéficie en outre d'un avantage de taille : Claudine n'est pas loin. Tous les héros que j'ai vus à la télé du bar de la Fraternité mouraient dans les bras de la bien-aimée. Sans en être vraiment un, je ne détesterais pas finir mes jours dans les bras de Claudine. Seulement, quand ils auront dressé la potence, songeront-ils à la prévenir ? Une ou deux semaines plus tard peut-être. Je la vois se pencher sur la fosse commune, murmurant au directeur : « Oh le petit Faustin Nsenghimana ! Il a tout de même bien mieux fini que son ami Sembé ! »

*
* *

Elle revint souvent sur ma querelle avec la Hirlandaise. Je la soupçonnais de m'en vouloir encore d'avoir quitté la Cité des Anges bleus et, partant, d'avoir offusqué sa grande amie.

– Elle m'a beaucoup parlé de toi avant de prendre l'avion, tu sais. Si tu n'avais pas été une tête de mule !…

A vrai dire, je m'en voulais aussi – oh, pas d'avoir quitté la Cité des Anges bleus, mais de l'avoir fait sans la prévenir, elle. J'avais honte. Aussi, pour l'éviter, après ma fugue, je préférais laisser ma petite famille avec Tatien devant la librairie Caritas pour aller glaner du côté de l'hôtel Méridien. C'est là que je fis la connaissance de Rodney. Il ne me dit pas tout de suite qu'il était anglais. Il parlait swahili et cette langue-là je la comprends.

– Si je te demandais de m'emmener au bordel, je suis sûr que tu me dirais oui !

– A quoi vois-tu ça, bwana ?

– A ta façon de bouger le nez ! Ça se voit tout de suite que tu aimes flairer l'argent. Alors, mon doux cadet, on y va ou tu préfères que je donne tout ça à un autre ?

Il avait dans la main un gros billet en dollars qu'il tenait pincé entre le pouce et l'index pour que je voie bien que ce n'était pas de la blague.

– Ça ne vaut pas le coup d'humilier ton petit frère. Avec ou sans argent, je t'aurais emmené quand même. Imana est notre Dieu, je jure devant Imana !

– Je n'en doute pas. Je parie que tu le prendras de toute façon. Il n'y a que des braves gens sur terre. Mais je n'en connais pas un qui refuserait un dollar, même pour le plus noble des motifs. Allez, monte !

Il s'était déjà installé au volant de sa Pajero et s'occupait de m'ouvrir la portière. Je montai sans me faire prier, vous devinez bien ! S'il disait vrai, j'avais là de quoi entretenir le QG pendant plusieurs semaines. J'allais enfin offrir à Ambroise ce ballon qu'il ne cessait de réclamer. Les enfants ont un sacré avantage : ils n'ont aucun sens du drame. La vie reste un jeu même en cas de désastre.

– Je vais où, petit frère ?

Où avais-je mon esprit ? Je n'avais même pas pensé à ça. La vérité, c'est que Kigali n'avait même plus de bordel. Les *avènements* ont emporté avec eux tout ce qui compte vraiment : les marchés, les églises, les bureaux, les salles de jeu, les bordels aussi. Fallait du temps pour que tout ça se reconstruise. Fallait être idiot cependant pour penser que cette ville de débauchés goûterait à l'abstinence, le temps de se doter d'un nouveau quartier chaud. Je me souvenais qu'un jour j'avais suivi par hasard une bande d'ivrognes dans un drôle d'endroit des quartiers nord. La vie m'avait appris tout ce qu'on pouvait tirer d'un ivrogne. Il suffit de le suivre pour assurer sa survie. Au quatrième verre, y a pas plus généreux sur terre. Quand le bar est animé, que la patronne connaît son affaire et qu'il y a dans les parages quelques gonzesses potables, il suffit d'être un tout petit peu rusé, c'est-à-dire savoir se faire discret, pour se laisser entretenir. Vous mangez, vous buvez à l'œil, et ces jolies petites pièces si dures à trouver quand on lave des voitures, elles tombent toutes seules dans vos poches. Une femme fait un peu attention à lui, le voilà qui s'écrie : « Hé petit, va donc m'acheter du poulet rôti et des cigarettes ! Prends-en aussi pour la dame et surtout garde la monnaie ! »

Ce drôle d'endroit donc était un bistrot des plus respectables. On n'y vendait ni de la drogue ni ce whisky frelaté importé d'Ouganda. La patronne, qui s'appelait Clémentine, avait dû être secrétaire dans une vie antérieure. On trouvait là des agents de commerce et des patrons de bureau. Les femmes qui le fréquentaient n'avaient jamais fait le tapin auparavant. C'étaient toutes de respectables mères de famille qui venaient chercher de la compagnie et, ma foi, un peu de sous pour entretenir la marmaille vu que le mari n'était plus là : en prison quand il était accusé de génocide ou dans une fosse commune quand c'était l'inverse. Avec un peu de tact, vous pouviez en embarquer une lorsque vous aviez l'air propre et donniez l'impression que vos poches seraient à la hauteur de la situation. Je ne me souvenais plus exactement du lieu. Néanmoins, je répondis instinctivement et avec beaucoup d'assurance :

– Dirige-toi vers Kacyiru, mon ami !

– C'est quoi ça, un autre quartier, une autre ville ou un autre pays ?

– Un autre quartier ! C'est la première fois au Rwanda ?

– La toute première fois, mon jeune ! Je ne t'aurais pas proposé vingt dollars pour me montrer le chemin du bordel !

– D'où viens-tu ?

– C'est la première chose qu'on vous demande quand vous croisez quelqu'un. Je viens de l'hôtel d'à côté et je t'ai déjà dit où je voudrais aller.

– Ne me dis pas que tu es hirlandais !

– Eh non, ce serait plutôt l'autre camp : anglais ! Mais je suis né en Ouganda, j'ai grandi à Bombay et je ne vis pas à Londres mais à Nairobi.

– Quel est ton travail à Nairobi ?

– Ne répète jamais ce mot ! J'ai horreur de travailler. Je passe mon temps à dormir ou à chasser des crocodiles dont je vends les peaux après en avoir dégusté la chair. Et comme cela ne me suffit pas pour boire à satiété et entretenir mes nombreuses maîtresses, je me loue comme cameraman quand l'occasion se présente. As-tu compris ou veux-tu que je recommence ?

– Ça va, grand frère ! Faut vraiment pas te fâcher ! Ici quand on rencontre un inconnu, on ne cherche pas à comprendre : on lui demande d'où il vient. C'est ça, notre politesse à nous.

– A Bombay, à Djakarta, à Dublin et à Honolulu aussi ! Et c'est pas toujours poli !

– Cameraman, c'est pareil que le cinéma ?

– Je fais des films mais pour la télévision. Un trem-
blement de terre en Colombie, Rodney est sur place !
Une forte mousson en Inde, voilà le zèbre Rodney et
son étrange fourbi ! Une tuerie en Somalie, on fait
appel à Rodney ! Rodney est partout où ça va mal. Rodney est un médecin qui arrive en souhaitant que ça aille
plus mal encore. Et comme tu vois, Rodney, lui, se
porte comme un charme. Ha ! ha !

– Ah, ainsi tu t'appelles Rodney ? Tu portes un joli
nom et ton rire est drôle. Moi, c'est Faustin !

– Tu te portes aussi comme un charme, Faustin ! Je
ne te demande pas comment tu fais mais c'est bien ce
qu'il faut faire. Mieux vaut que ce soit les autres qui
crèvent, n'oublie jamais ça, Faustin ! Je ne connais rien
aux proverbes en trente ans d'Afrique. Mais s'il me fallait en inventer un, ce serait bien celui-là : « Larmes de
Pierre ? Miel pour Rodney ! »

– Pourquoi viens-tu seulement maintenant au
Rwanda ?

– Pourquoi, pourquoi ? J'en sais rien. Je ne suis qu'un
gros chien de merde, Faustin : je ne viens que quand on
m'appelle. Et cette fois-là, personne ne m'a appelé. Et
pourtant je dis pas que je crevais de faim mais j'avais
besoin d'un bon paquet de flouze.

– Il ne reste plus grand-chose à voir !

– Détrompe-toi, petit frère, il y a toujours quelque
chose à voir ! Au besoin, on invente. C'est ça le génie
d'un cameraman : toujours donner à voir, même quand
il n'y a rien à montrer !

– C'est la télévision kényane qui t'envoie ?

– Avec quels moyens ? Hurler avec les loups, autant

le faire avec les plus costauds. Je suis venu avec la BBC. Et qu'est-ce que j'apprends ce matin ? CNN et la télévision suisse sollicitent mes services. Trois semaines de boulot en perspective ! Il faut bien fêter ça !

– Tu resteras tout ce temps à Kigali ?

– Je suppose que nous ferons ce qu'ils appellent les sites du génocide. Les sites industriels, les sites touristiques, maintenant les sites du génocide !... Qu'est-ce que tu veux, *brother*, les morts sont de grandes stars, même quand il ne leur reste plus que le crâne. Tu en connais des sites de génocide, toi ?

– Euh... Je les connais tous !

– Tu as déjà travaillé pour une radio, une télévision ?

– Euh... oui !

– Laquelle ?

– Euh... la télévision hirlandaise !

– La télévision irlandaise, hum !... Eh bien, je vais demander à ces messieurs s'ils ont besoin d'un guide pour visiter les sites du génocide.

Voilà, c'est comme ça que j'ai fait la connaissance de Rodney. Avec l'aide d'une dizaine de passants, je finis par retrouver le fameux bar. A mon dernier passage, il ne portait aucun nom. Et maintenant, une enseigne sur fond bleu avec des lettres jaunes barrait sa façade. Il était écrit dessus : « Le chacun comme il peut. » Par grâce, la patronne, elle, n'avait pas changé, ce qui me facilita énormément la tâche.

– Madame Clémentine, je vous amène un client ! criai-je aussitôt que je passai le seuil.

Je voulais prévenir tout malentendu, des gens comme moi n'étant pas facilement admis dans les endroits comme il faut. Elle fronça d'abord les sourcils puis son visage s'éclaira quand elle aperçut derrière moi tout ce que je lui apportais. Pour les barmaids et les putes, les Blancs, c'est aussi important que le Messie. Ils ont le pouvoir et l'argent. Et puis ils font pas la bagarre, et puis ils sont tendres au lit. Paraît même qu'ils n'ont jamais le sida. Ils ne prennent jamais crédit, ils disent bonjour et au revoir, ils laissent de gros pourboires. Tout le contraire des abrutis d'ici.

– Entrez, entrez donc, répondit la Clémentine. Prenez la table du fond, je vous assure que vous y serez mieux. Au comptoir, y a trop de bruit : toute cette musique de soûlards et les voix des gros menteurs.

Mais déjà Rodney s'était installé sur le seul tabouret vide au milieu de deux ivrognes.

– C'est là où il y a le bruit qu'il y a la vie, ma chère petite dame !

– Un philosophe, on nous a amené un philosophe ! rigola la petite dame. Qu'est-ce qu'il vous faut ?

– Tout ce que vous avez, madame ! Je suis un pauvre bougre qui a toujours besoin de tout.

Je profitai du moment où le garçon servait les commandes pour murmurer quelques mots à l'oreille de Clémentine. Une lueur gourmande traversa ses yeux.

– N'est-ce pas, hein ?... Cette femme, comment la veut-il vraiment ? Toi qui connais un peu les lieux, laquelle lui plairait vraiment : Solange ou Bénédictine ?

Je répondis « Solange », comme si je me rappelais d'elle. C'était une belle Tutsi qui avait grandi à Nairobi. Son mari était un soldat du FPR qui avait trouvé la mort dans la bataille de Byumba. Elle avait un sourire d'ange et elle parlait anglais. Rodney en fut ravi. Il me fila les vingt dollars et me gratifia d'un paquet de cigarillos.

– Allez, maintenant, bois vite une bière et tire-toi! vociféra-t-il.

– Il n'en a pas encore la force! insinua Solange. Mieux vaut un bon Coca!

– Oh, oh!... Laisse-le donc se soûler la gueule si tel est son bon plaisir! J'en ai vu à Manille des moins âgés que lui vider une demi-bouteille de whisky avant de se shooter au crack... Allez, bois-moi ça et file, mon bonhomme! Tu vois bien que je n'ai plus besoin de ta compagnie. Maintenant que te voilà riche, tu peux aller où tu veux sniffer de la colle ou te foutre une piqûre. Fais-le si tu veux mais fais-le sans que je te voie. C'est pas la morale qui me fait dire ça. C'est pour que moi je n'aie rien à me reprocher au cas où tu en crèverais... Tu vends pas ton petit derrière, au moins?... Eh bien, c'est déjà mieux comme ça!... Tâche d'être à l'hôtel demain à sept heures, je verrai ce que je pourrai faire pour toi.

*
* *

– Musinkôro, dis-je à mon vieil ami, veille sur Esther, Donatienne et Ambroise. Il se peut que je m'absente de Kigali une semaine ou deux, je ne sais pas encore. Ne me demande pas pourquoi. Je ne saurais pas te le dire. Et, pour être honnête, je n'en ai pas envie.

– Ah, fulmina-t-il, toi tu as trouvé un bon filon et tu ne veux pas partager, c'est ça?

Je lui remis une partie de l'argent que j'avais eu le temps d'échanger chez les trafiquants du marché qu'on appelait pompeusement *busenessmen* et sautai par une fenêtre pour l'empêcher de me retenir.

Je fus à l'hôtel Méridien aux environs de six heures. J'attendis dans le jardin avec les portiers assoupis, les vendeurs de cigarettes et les cireurs de chaussures. Je repérai la Pajero de Rodney et y fixai tout mon attention. Je savais que pour rien au monde on ne me permettrait d'accéder au hall. C'est comme ça! Le soleil aidant, je finis par m'assoupir aussi. La chance m'aurait filé entre les doigts si je n'avais été réveillé par un incroyable vacarme. Cela venait du hall de l'hôtel où la ville entière semblait s'être donné rendez-vous pour s'invectiver et se cogner dessus. Je me faufilai dans la foule et montai sur le bureau de la réception pour mieux voir. La scène était vraiment pathétique : Rodney en caleçon et Solange à moitié nue se battaient comme des chiffonniers en s'injuriant copieusement.

– Cette pute m'a volé mon fric !

– C'est faux, c'est lui qui ne veut pas payer !

Et la foule, qui semblait vouloir les séparer, mettait plutôt de l'huile sur le feu pour mieux se fendre la gueule.

– Vous, les femmes, là, dès que vous voyez un Blanc, vous écartez les cuisses. C'est bien fait pour toi ! Tu te serais donnée à moi, rien ne te serait arrivé !

– Accuse plutôt le Blanc ! Pourquoi un homme comme lui fraye-t-il avec la première venue ? Au Méridien en plus. Ah !

– Que l'on fouille son sac ! rugissait Rodney. Mon argent se trouve dedans ! La preuve : je l'ai payée vingt dollars en billets de dix. J'ai perdu cinq cents dollars : quatre en billets de cent plus un billet de cinquante, plus dix billets de cinq.

Je me précipitai vers le sac qui traînait aux pieds des protagonistes et l'ouvris devant tout le monde.

– Tenez, m'adressai-je au réceptionniste, comptez donc cet argent pour voir s'il dit vrai !

A cet instant, Rodney, constatant ma présence, s'écria, manifestement soulagé :

– Ah, tu es là, toi ? Tu serais venu plus tôt... Je surveillais ton arrivée à travers les persiennes de ma chambre quand elle a subtilisé mon argent.

Le vacarme dura encore un bon quart d'heure, chacun tenant à faire part de son avis sur la gravité de l'affaire et les suites à lui donner. Finalement, tout le monde convint que Rodney avait raison. On lui rendit son argent.

– Mince alors, fit-il, une fois que nous fûmes dehors. Les salauds, ils sont partis ! Tu as déjà entendu parler d'un patelin qui s'appelle Nyarubuyé, toi ?

*
* *

Nyarubuyé, je savais que c'était vers le nord, un coin perdu dans la région de marécages et de lacs tenant lieu de frontière entre le Rwanda et la Tanzanie. A l'école, j'avais dû le voir sur une carte. Et mon pathétique Théoneste de père l'avait sûrement déclamé, une de ces nuits où, la récolte s'étant révélée bonne, il se soûlait la gueule et composait des chansons pour ses vaches et pour les lieux de nos anciennes épopées. C'est par là que j'aurais dû passer pour aller voir l'oncle Sentama si je ne m'étais pas laissé avoir par les effroyables calculs de Thaddée. Je n'y avais jamais mis les pieds. Hormis une ou deux excursions à Kigali, je n'avais d'ailleurs jamais bougé de mon Bugesera natal avant les *avène-*

ments. Mais ce n'était pas une raison pour le confier à l'ami Rodney. Du jour où ce brigadier de Nyumurowo m'avait arraché des mains mon cerf-volant, j'avais appris que cela ne servait à rien de jouer aux ignorants. La fable de mon vaurien de Théoneste de père est encore toute fraîche dans ma tête : « Mensonge et Vérité sont les premiers habitants de la terre. Vérité est le frère aîné mais comme Mensonge est le plus doué, eh bien, c'est lui qui mène le monde. N'oublie jamais ça, petit ! »

Nous parvînmes à Nyarubuyé après une heure de bitume et un nombre incalculable de pistes de brousse qui n'étaient jamais les bonnes. Les gars de la BBC ne firent aucune remarque en nous voyant arriver. Ils avaient dû passer l'éponge sur notre énorme retard et oublier du coup l'odieux incident du matin. Ils avaient garé leurs Land-Rover sur un talus et avaient pris d'assaut le seul bistro du coin où ils s'épongeaient en dévorant des sandwiches au corned-beef et en buvant d'énormes quantités de bière chaude. Ils étaient bien une dizaine dont une femme qui n'avait jamais dû se douter qu'elle en était une tant ses manières et ses habits ressemblaient à ceux des autres.

– T'en fais pas, Rodney, on t'en a gardé une caisse ! dit-elle. Et si cela ne suffit pas pour étancher ta soif, le barman nous a assuré qu'il en a une vingtaine en réserve dans un entrepôt à l'autre bout du village. Tu as vu les singes dans la forêt de cyprès et, non loin, l'emplacement des grottes ?

– Mais non, Jenny ! Mon guide m'a conduit par un autre chemin.

Elle releva sa casquette pour mieux me scruter. Je

devais avoir l'air vraiment drôle avec ma vieille culotte retenue par des épingles et mes baskets pleines de trous car un petit rire adoucit son visage que je trouvai particulièrement viril.

– Ah, c'est le monsieur dont tu nous parlais ! s'exclama-t-elle. Comment t'appelles-tu, jeune homme ?

– Faustin ! Faustin Nsenghimana, madame !

– Ne m'appelle pas madame, j'ai horreur de ça ! Fais comme Rodney, appelle-moi Jenny ! Dis-moi, tu es né ici, Faustin ?

– Euh… Oui, madame !

– Jenny, mais enfin, c'est pas grave !… Ils sont d'ici, tes parents ?

– Oui !

– Où sont-ils ?

– Ils sont avec les autres !

– A la coopérative ?

– Non, avec les autres crânes !

Elle frémit et baissa la tête. Le sang reflua sous la peau de son visage, lui donnant une teinte de piment rouge. J'étais heureux de la désarçonner ainsi. Elle n'était pas la plus forte, tout de même !

– Dans le hangar ou sous le préau de l'église ? demanda celui qui avait des écouteurs pour pouvoir suivre la radio.

– Sous les bananeraies peut-être ? ajouta celui qui avait des airs de JR et qui notait des choses dans un calepin à ressort.

– Il paraît qu'il y en a aussi dans la cour de l'école et sous le grand kapokier.

– C'est ça ! Sous le grand kapokier !

Je devenais intéressant. Ils abandonnèrent tous leurs

grandes bouteilles de Primus et leurs sandwiches pour se précipiter sur leurs caméras et sur leurs appareils photo. On me fit asseoir au milieu sur une vieille chaise en fer. J'étais devenu aussi célèbre que Roger Milla.

– Qu'est-ce qui te fait dire ça, que c'est sous le grand kapokier ? insista Jenny avec un intérêt manifeste qui sentait quand même le soupçon.

– C'est par là qu'ils les ont entraînés.

– Qui ?

– Les Interharamwe !

C'est à ce moment-là que les choses se gâtèrent. De vedette, ma position se transforma en celle d'accusé. Les caméras se rapprochèrent de mon visage et les questions se firent plus précises, plus insidieuses. L'un n'avait pas fini de me demander quelque chose que l'autre ébauchait déjà une nouvelle question :

« Où étais-tu, ce fameux jour du 12 ?... Étais-tu seul ?... Qu'as-tu remarqué ?... A quelle heure sont arrivés les premiers miliciens ?... Pourquoi l'armée n'a-t-elle rien fait ?... »

Cela finit par excéder Rodney qui s'interposa au bon moment :

– Je l'ai trouvé tout seul, cet enfant, alors ménagez-le un peu sinon je le sors du groupe !... Dis-moi, Faustin, comment se fait-il qu'ils ne t'aient pas tué, toi ?

– Je me suis enfui.

– Par où ?

– Par là-bas. Dans les collines !

– Des collines, tu aurais vu tes parents se faire enlever sous le grand kapokier ? s'indigna Jenny. Ça ne colle pas. Le grand kapokier se trouve au sud, tout à fait du côté opposé. Des collines, personne ne peut le voir, même quand on est sur les sommets. Hormis les toits des maisons et les bananiers, il y a ces grands greniers au centre du village qui bouchent toute la vue. Nous avons procédé au repérage avant que vous n'arriviez ici.

– Demandez-lui de nous montrer la maison de ses parents ! éructa le gros joufflu en enlevant ses écouteurs. Au fait : Manchester 4, Newcastle 2 !

– C'est ça ! acquiesça JR. Qu'il nous montre donc sa maison !

– En vérité, je ne me souviens plus !

– Vous pensez peut-être que tous les rescapés d'Auschwitz se souviennent de la vie qu'ils ont menée avant de goûter à l'enfer ? demanda Rodney. Faustin, c'est bien la première fois que tu reviens dans ton village depuis, non ?

– La toute première fois !

– Je comprends ! Je propose que l'on monte les bâches pour dormir un peu et permettre à ce pauvre enfant de reprendre ses esprits. Je suis sûr que son témoignage sera meilleur que celui de tous ces adultes qui ne manqueront pas de nous bassiner avec le pourquoi et le comment de tout ce qui est arrivé. Il a vécu les choses, lui, et avec des yeux d'enfant. La vérité sort de la bouche de l'enfant !

Rodney me déploya un lit picot sous sa propre tente mais se crut obligé de me passer un savon avant d'éteindre la lampe tempête :

– Tu mens comme tu respires, Faustin ! Ce n'est pas forcément un défaut, sauf si tu me mens à moi. Pour l'instant, tout va bien. Cependant, essaie de ne pas trop en faire. Le coup du kapokier a bien failli nous perdre. Réfléchis plusieurs fois avant d'en sortir un. Je répète encore une fois, si tu mens à Rodney, Rodney te chauffera les fesses!... Faustin, pourquoi as-tu une arme?

Le lendemain, on m'offrit un copieux déjeuner avant de me filmer au milieu des crânes entassés sur des tables, des ossements et des habits ensanglantés fourrés dans des sacs en plastique ou éparpillés dans les champs au milieu des immondices. On me montra les génocideurs condamnés, entre autres peines, à réparer le toit de l'église qu'ils s'étaient entêtés à démolir après que toutes leurs victimes furent mortes sans que cela calme leur furie. Jenny s'approcha de moi et dit:

– Maintenant, réfléchis bien, Faustin! Lequel de ces individus a tué tes parents?

– Je vous dis qu'ils étaient plusieurs. Mais je reconnais celui-là, celui qui a une tête en pain de sucre et un petit bout de manioc à la bouche, c'est lui qui a éventré mon père!

– Reconnais-tu certains autres?

– Euh... Oui, celui qui a un pied bot et un mégot de papier maïs au-dessus de l'oreille, c'est lui qui a violé ma mère... (Je me mis à chialer, comme me l'avait recommandé Rodney.) Ça se reconnaît tout de même, quelqu'un qui a le pied bot!

Cela dura une semaine, de sorte que, quand nous quittâmes les gens de la BBC, j'étais devenu un aussi bon acteur que ceux que je voyais à la télé du bar de la Fraternité se tordre et tomber de cheval comme s'ils avaient reçu une vraie balle.

La télévision suisse nous transporta à Rebero, CNN à Bisesero. Il faut croire que, l'ami Rodney et moi, notre renommée était devenue planétaire. Les Norvégiens nous entraînèrent à Musha, les Australiens à Mwuliré. Je n'avais plus besoin d'être guidé. Rodney montait sa caméra et le film se déroulait tout seul. Dans des endroits où je n'avais jamais mis les pieds, je reconnaissais tout de suite la masure calcinée d'où l'on avait extrait mes parents ; la cour entourée d'hibiscus où on leur avait coupé les jarrets ; le préau de l'église où on les avait éventrés ; la vieille brasserie de bois où l'on avait fait de la bière de banane avec leur sang ; le fourneau où l'on avait grillé leurs cœurs et leurs intestins avant de les assaisonner de piment pour le déjeuner des assaillants qui s'étaient montrés les plus braves. J'enlevais mon calot pour montrer la cicatrice qui me barrait la tête, retroussais mon vieux tricot pour exhiber les marques de machette sur mes épaules et mon torse. Certains réalisateurs versaient des larmes. Alors, je m'inventais des hauts faits pour les attendrir davantage. Je décrivais comment j'avais réussi à repousser mes agresseurs, sauté sur une bicyclette qui traînait par là et pédalé à travers la cambrousse jusqu'à la forêt la plus proche. Puis Rodney, le sourire satisfait, levait gaillardement son pouce pour m'indiquer que c'était très bien mais que c'était fini, et on allait recommencer ailleurs.

Ah si cela avait seulement duré trois semaines comme l'avait cru Rodney, je ne serais pas où je suis. Non, cela dura un mois et demi ! Je mangeais et dormais à l'œil, rencontrais des gens importants, visitais du pays sans débourser un sou. Combien de dollars avais-je ainsi accumulés : trois cents, quatre cents ? J'allais pouvoir ouvrir ce salon de coiffure que, depuis mon arrivé à Kigali, j'avais toujours secrètement désiré. J'allais devenir riche !

J'étais loin de me douter que Dieu avait décidé ma perte.

*
* *

« Le malheur fait penser à la pluie : contrairement aux apparences, il n'est jamais subit, me disait le vieux Funga. Cela vient toujours d'une succession de petites choses qui s'accumulent, qui s'accumulent, et, un beau jour, ça déborde et voici que l'eau gicle de partout ou bien alors le sang. Regarde, petit : d'abord, c'est ce petit Gatoto qui perd la tête, tout seul dans les collines, pendant qu'il cherchait des fagots de bois, puis c'est le père Manolo qui se renverse en voiture peu de temps avant de mourir sous les pieds du pape, devant le monde entier puisque ces gens qui filment tout étaient là ; ensuite, c'est l'Italienne qu'on étripe et pour finir cet accident d'avion ! Les gens, ils ne voient que les incidents, jamais le fil qui les relie ! » Et le vieux Funga avait raison ! Ce jour-là, c'est bien une succession de petites choses sans importance qui aboutit à ma ruine. Le comble est que j'avais bien failli oublier ce foutu revolver sous un bananier à Mwuliré ! La veille, comme de coutume, Rodney avait dressé sa tente après avoir rangé son matériel.

– Ce soir, je dormirai à la belle étoile, lui avais-je dit.

Cela l'avait beaucoup intrigué :

– A la belle étoile ?... Et puis merde, fais donc à ta guise ! Ce n'est pas mon corps que tu offriras aux moustiques.

Un gros croissant de lune affleurait sur les crêtes que

l'on apercevait à l'est. Le son mélodieux d'une flûte résonnait au loin. Des veaux produisaient de doux mugissements en frôlant les buissons alentour. Cela me rappelait les nuits de mon enfance. Il ne manquait que la voix de rogomme de mon père (comme souvent imbibé d'alcool) en butte avec les sorciers-rois et les preux lutteurs d'antan et, bien sûr, le souffle infatigable de Maman se démenant avec ses ustensiles entre la cahute et le puits. Je sortis mon arme de dessous ma culotte, la déposai au pied d'un bananier et m'étendis sur l'herbe. Je comptais passer la nuit ainsi, sans fermer les yeux, sans rien perdre de l'odeur des fleurs et des menus bruits de la nature. Mais l'air frais des collines eut vite raison de moi. Le soleil tombait à pic quand je me réveillai. Rodney, qui se lève toujours le dernier, ronflait comme un agneau. Je secouai sa tente, nous partîmes dans la plus belle confusion. C'est ainsi que j'oubliai mon arme.

Nous avions rejoint le bitume quand je m'en rendis compte. Il faut dire que Rodney ne m'avait donné ni le temps de me fouiller ni même celui de réfléchir. Il n'avait cessé de m'engueuler de ne l'avoir pas réveillé plus tôt. Il avait beaucoup de coups de fil à donner en Europe et en Australie. Il devait confirmer son vol du lendemain pour Nairobi. Et puis vint un moment où je dus me fouiller pour pouvoir allumer une sèche :

– Abruti !
– Moi ?
– Non, Rodney, moi : j'ai oublié mon revolver !
– Où ça ?
– Sous les bananiers de Mwuliré !

Il stoppa, ce fou, sans me demander mon avis et fit demi-tour.

111

– Est-ce vraiment si grave ? Je l'ai acheté pour la forme, il n'a jamais servi à rien. Avec tous les dollars que tu m'as donnés, je pourrais m'en acheter une douzaine, si je voulais.

– C'est toujours grave de perdre quelque chose, mon petit Faustin !

Au retour, nous eûmes une crevaison aux abords de Rutongo. Il devait être trois ou quatre heures de l'après-midi. Rodney s'énervait. Il cassa le cric. Nous attendîmes trente minutes avant qu'une bonne âme ne s'arrête pour nous dépanner. Nous arrivâmes à l'hôtel aux environs de dix-sept heures. Il me demanda de l'attendre dans la cour et, le temps de se débarbouiller, de préparer ses bagages, de rendre sa Pajero de location et de donner ses coups de fil, il ne réapparut pas avant vingt heures.

– Et maintenant, fiston, nous allons faire la fête !

– Où ça ?

– Mais au « Chacun comme il peut », voyons ! J'ai envie de me réconcilier avec Solange. J'aime n'avoir que des souvenirs agréables des lieux où je suis passé.

Clémentine n'en crut pas ses yeux en nous voyant arriver.

– Ah, monsieur Rodney, vous êtes vraiment sans gêne ! Vous humiliez mon amie devant tout Kigali et vous osez revenir ici ? C'est pour la faire pleurer davantage ou c'est pour chercher des histoires ?

– Non, madame, c'est pour m'excuser ! J'avoue que j'ai été mufle. Je n'aurais pas dû ! La vérité est que je n'avais pas réussi à me dessoûler. Tout ce bruit pour une toute petite broutille ! J'aurais dû lui laisser ces cinq cents dollars. Vous pensez qu'elle les accepterait si je les lui redonnais ?

– J'ai bien peur que ce ne soit trop tard !

– Allez ! Non seulement, j'offre la tournée générale mais je vous en file cent si vous arrivez à la convaincre. La saison a été plutôt bonne pour le petit et moi.

– L'argent n'est pas tout. Solange n'est pas ce que vous croyez. Avant, Solange ne connaissait pas d'autre lit que celui de son mari. Elle n'avait nul besoin de sortir. Elle buvait la bière chez elle et mangeait ses propres plats. C'est comme ça : nous tous qui sommes sur terre, personne ne sait ce que demain fera de nous.

– Nous sommes au bar, Clémentine, pas à l'église ! Va réveiller Solange et dis-lui que je me jette à ses pieds !

Clémentine fit plusieurs tentatives :

– Ce n'est plus la peine que je me fatigue : elle ne veut plus vous voir !

– Je veux Solange et personne d'autre !

Il martela le comptoir et hurla des insanités. Tout le monde était soûl, ce fut la bagarre générale. Une descente de police se ferait d'abord et avant tout contre moi. Aux yeux de la loi, j'étais vagabond et mineur. Je détenais, en outre, nouées dans un pan de mes haillons, une liasse de dollars et une arme à feu. On allait me les confisquer, m'accuser de vol et me jeter en prison. Je pris peur et m'esquivai.

Je suivis les sentiers qui descendaient vers le boulevard Nyabugogo. Derrière moi, l'écho des injures, des coups de poings et des bris de bouteilles m'indiquait que la bagarre prenait une tournure dramatique. Rodney avait dû édenter quelqu'un ou alors on l'avait assommé avec une chaise, à moins que ce ne soit avec la barre de fer qui servait à barricader la porte. Cela m'était égal. Depuis longtemps je ne m'étais senti aussi bien ! Ma foi, quand on a des sous en poche, rien d'autre ne compte. Non, l'argent ne fait pas le bonheur, il *est* le bonheur ! Parvenu sur le boulevard, je pouvais siffloter et reprendre mon allure, me moquant éperdument des chiens qui aboyaient à mon passage et des couples qui râlaient en faisant l'amour derrière les minces cloisons de pisé et de bambou.

J'entrai au QG sur la pointe des pieds. Je ne voulais déranger personne. J'allumai une bougie et me dirigeai vers le recoin où mes frères et sœurs avaient l'habitude de dormir pour m'assurer qu'ils étaient bien là. Je ne vis que deux corps allongés sur la natte. Je réveillai Tatien :

— Tatien, dis-moi où est Esther !

— Faustin, tu es revenu ? A cette heure-là ! Quel malheur ! Tu ne pouvais pas trouver une heure plus propice ?

Je le saisis au collet, faillis presque l'étrangler.

— Dis-moi où est Esther !

— Lâche-moi, petite brute ! Ce n'est pas à moi que tu dois t'en prendre… Dans la pièce d'à côté ! Mais je t'en prie, n'y va pas !

C'est drôle, je n'y avais jamais pensé mais, dès qu'il me dit ça, j'eus le pressentiment de l'image que j'allais découvrir quelques secondes plus tard : Esther nue sur une paillasse et Musinkôro affalé là-dessus.

Je visai la tête du voyou et tirai jusqu'à ce qu'il n'y ait plus de balles.

*
* *

La troisième fois que Claudine vint me voir, elle n'était pas seule. Un homme d'une soixantaine d'années environ avec une pipe au bec était assis à côté d'elle dans le bureau du directeur.

– Voici l'avocat dont je t'ai parlé! Il n'a pas eu le temps de te rendre visite mais il s'est beaucoup occupé de ton dossier. Assois-toi, nous serons plus à l'aise pour bavarder.

Je n'aimais pas beaucoup le ton qu'elle avait employé. Ce n'était pas le sien. C'était celui de quelqu'un d'autre – chevrotant et précautionneux au point de m'être étranger.

– Ne me cache pas la vérité, grande sœur! Dis-moi tout : oui ou non, m'ont-ils déjà condamné?

– Tu te conduis comme un enfant! gronda l'avocat sans prendre la peine de desserrer les dents de sa pipe. La prison ne t'a donc rien appris! On ne pose pas de question, on n'élève pas la voix en présence des aînés. Ne le savais-tu pas?... Tu dois garder ton sang-froid même au bord de la tombe si tu es vraiment un homme!

Pourquoi avait-elle choisi celui-là? Il avait un petit bouc poivre et sel que je détestais, des dents noircies par le tabac que je détestais et la manie de parler en claquant des doigts que je détestais. Et puis, il se comportait comme si l'on n'était pas en prison mais dans son salon à lui, veillant à parfaire l'éducation de son énième rejeton. Cela ne semblait nullement gêner Claudine. J'étais devenu le fils ingrat et elle l'épouse soumise. Elle suivait la scène en se limant les ongles sans dire un mot. Cela avait l'air de l'amuser de me laisser pour ainsi dire seul avec cet homme sans cœur. La colère enfla en moi. La langue remua toute seule dans ma bouche :

– Ça se voit que ce n'est pas vous que l'on cherche à anéantir! J'en ai appris suffisamment ici pour me présenter seul devant le jugement de Dieu. L'œil d'un être humain ne me fera plus peur. Et, crois-moi, grosse pipe, je n'ai fait aucun effort pour cela : c'est venu tout seul. Maintenant, je m'en vais ! Je suis libre de voir qui je veux, même en prison !

C'était comme si je venais de commettre un blasphème. Pour la première fois, je perçus de la haine dans les yeux de Claudine.

– Tu exagères, Faustin ! On ne parle pas comme ça à maître Bukuru ! C'est par amitié pour moi qu'il a accepté de te défendre. Maître Bukuru a des clients partout. On le sollicite à Butaré, à Ruhengeri : partout, même à l'étranger. Toi, tu as la chance d'avoir maître Bukuru pour toi tout seul. Il est venu exprès pour toi et tu l'insultes, Faustin, tu l'insultes, toi, un gamin ! Ne me décourage pas, Faustin, ne sois pas ingrat ! Ton père, Théoneste, a dû te dire que tu ne dois pas crever l'œil de celui qui t'a appris à voir. Je...

Elle s'effondra en larmes. J'avais été témoin de beaucoup de choses, ces trois années qui avaient suivi mes douze ans. Mais là, c'en était trop. J'avais envie de tomber dans ses bras et de pleurer avec elle. Ce devait être ça, l'amour. Pleurer, sans chichi, sans comédie, cette fois-ci ! Seulement aucune larme ne vint mouiller mes yeux. J'avais perdu cette habitude-là comme j'avais perdu celle de nager, de piéger des écureuils et des rats palmistes ou de me laver les mains avant de manger. C'est ainsi... Celui qu'elle appelait maître Bukuru se leva pour lui tendre un mouchoir. Assurément, cela ne pouvait suffire à calmer ses bas instincts. Il passa la main sur ses épaules pour jouer à celui qui réconforte comme si je n'avais pas compris.

– Ressaisissez-vous, ma fille ! Ce n'est rien ! L'essentiel, c'est de sortir cette petite ordure d'ici.

Au fond de moi, je voulais m'excuser, faire en sorte que tout se passe bien. Mais mes nerfs brûlaient de rage. Le diable en personne serait rentré en moi pour me noircir l'âme, cela ne m'aurait pas étonné. J'aurais eu un couteau, je l'aurais peut-être planté dans le ventre de Bukuru.

– Excusez-moi, mon aîné, répondis-je. Pour l'ordure, mieux vaut la petite que la grande. C'est pour l'or que c'est l'inverse.

Il se rassit, ses mains tremblaient. Cela m'amusait de le voir ainsi. Il serait tombé d'une attaque, je me serais senti plutôt soulagé.

– Vous voyez, mademoiselle, il m'insulte, oui, il m'insulte ! Mais ce n'est rien, l'essentiel est de le sortir d'ici… Dites-lui ce qu'on a déjà fait pour lui, dites-le-lui, vous !

Elle se tourna vers moi, poussa un soupir qui fit frémir son opulente poitrine et me sourit comme si rien ne s'était passé.

– Écoute, mon petit Faustin ! Ici, ce n'est pas un endroit pour toi. C'est normal que tu déprimes un peu. Mais bientôt, tout cela sera fini. Ton procès, c'est la semaine prochaine. Hein, tu n'es pas content ?

*
* *

Mon cerf-volant, je l'avais fabriqué tout seul, avec le papier cadeau de l'Italienne. De retour des seules vacances qu'elle avait prises depuis qu'elle était chez nous, elle s'était présentée devant notre case :

– Tiens, Théoneste, j'ai ramené des médicaments

pour ta femme et du tissu pour tes enfants! Pour toi,
c'est une bouteille de whisky. Je sais que je n'aurais pas
dû. Mais je tenais à te faire plaisir. Et qu'est-ce qui peut
faire plaisir à Théoneste? Une bouteille de whisky!
N'en profite pas pour te soûler toute la nuit. Demain,
j'aurai besoin de toi pour vacciner les porcs. Merci,
hein, pour ta gentillesse! J'ai vu que mon carré de
légumes est bien désherbé et mes étables bien entrete-
nues. Ah, si Théoneste buvait moins, Théoneste serait
le meilleur du village!

Ma mère porta le tissu chez le tailleur Gicari qui fit
pour moi une culotte et des camisoles pour mes sœurs.
Je récupérai le joli papier cadeau. Il était multicolore
et brillant, suffisamment souple pour résister au vent.
Il était tout indiqué pour devenir un cerf-volant. Des
cerfs-volants, notre maître d'école nous avait appris à en
fabriquer. Avec une longue ficelle et cette résine qui brûle
les yeux récoltée de l'arbre appelé *imiyenzi*, j'obtins un
magnifique épervier qui avait l'air d'un vrai quand il était
là-haut. Mon épervier, il volait si haut qu'il aurait pu
frôler l'avion du président s'il était passé par là. Lorsque
je le sortais, tous les gamins couraient derrière moi en me
demandant de les laisser le toucher. Les vieilles femmes
se postaient devant leurs maisonnettes pour admirer
« le curieux machin » du fils de Théoneste. Pour une fois
qu'il en avait une raison, mon père ne se gênait pas d'éta-
ler sa fierté. Seul le vieux Funga n'était pas content:

– Il suffirait d'un bon coup de vent pour que ton
machin il frôle le firmament. Si tu faisais tomber une
étoile, pourrais-tu la remettre à sa place? Non! Fais
attention, fils de Théoneste, tu ne seras jamais plus
malin que les dieux!

Je ne me souviens plus quel âge j'avais exactement : peut-être sept ans, peut-être huit. A l'époque, je ne pensais pas que c'était nécessaire de compter les années. Il arrivait que, lassé par les nécessités de l'oubli, un adulte évoquât ce qui s'était passé avant : la saignée de 1959, celle de 1964, celle de 1972, etc., pour parler comme l'oncle Sentama. Je n'y accordais aucune espèce d'importance. Pour moi, il s'agissait d'une légende qui se serait passée avant ce fameux Déluge si souvent évoqué par le père Manolo et dans un autre monde que le mien. La vie me semblait bonne, avantageuse même, fantastique bien souvent. Je servais la messe, accompagnais le père Manolo à la chasse, aidais l'Italienne dans les étables et les mères brésiliennes à confectionner des dragées que mes sœurs vendaient les jours de marché pour venir en aide aux orphelins. Le dimanche, je marquais des buts pour le Minime Système et, le soir, quand j'étais fatigué des délires éthyliques de mon père, j'allais au bar de la Fraternité, voir un film à la télé en lorgnant le derrière d'Augustine. On n'avait pas beaucoup de considération pour nous à cause des niaiseries de mon père et de son penchant invétéré pour la dive bouteille mais on nous aimait bien. Ma mère était une épouse comme beaucoup auraient aimé en avoir : discrète, dure à la tâche, soumise à son mari telle une bienheureuse esclave. Elle ne s'offusquait jamais de rien : ni des corvées que le voisinage nous faisait faire, ni des quolibets adressés à son mari. D'ailleurs, le village était injuste à l'égard de Théoneste. Il était ivrogne, d'accord – comme la plupart des voisins, du reste –, mais c'était un homme honnête qui savait tout faire. Une nasse pour capturer l'anguille, un toit à réparer, un champ à sarcler, une houe à rafistoler ? On passait voir Théoneste avec une gourde de bière de banane et c'était comme si le travail était déjà fait. Ses champs étaient les mieux entretenus du village et ses pourceaux, ma foi, étaient gras à traîner le ventre par terre. Son âme ne connaissait ni la colère ni la rancune. Quand vous vous moquiez de lui, il rigolait avec vous de bon cœur. Certains se croyaient obligés de le défendre : « Tu es un brave type, Théoneste, mais un peu simple d'esprit. Ah, si tu étais un peu plus malin, ta vie serait bien meilleure ! – C'est que je n'ai pas bien envie d'être un grand malin, répondait-il en recrachant sa chique. On a aussi besoin de gens comme moi. Un village sans idiot est un village sans avenir. »

Cela faisait rire l'Italienne. Elle trouvait que, somme toute, de tous les habitants de Nyamata, mon père était celui qui avait le plus de bon sens. Elle le prenait au sérieux, elle, même s'il lui arrivait comme tout le monde de le brocarder pour ses terribles ivresses. Elle était descendue un beau jour d'une Land-Rover pleine de poussière qui était repartie aussitôt, comme si on était chez les lépreux. En descendant de voiture, elle avait dit aux nombreux curieux qui l'avaient entourée :

– Vous aurez tout le temps pour m'ausculter ! Je suis venue pour vivre ici. A présent, laissez-moi trouver un coin pour déposer mes bagages !

Puis elle avait disparu quelques instants dans l'église pour s'entretenir avec le père Manolo. Celui-ci l'avait conduite vers la maison qui jouxte notre concession ; je l'ai toujours vue y vivre jusqu'à ce maudit jour où on l'a découpée en morceaux sur les graviers, devant l'église.

Ah! elle était loin de se douter qu'elle n'avait quitté son Italie natale que pour venir mourir parmi nous! Quoique rien de bien clair ne justifiât sa présence. A ceux qui le lui avaient demandé, elle avait répondu qu'elle avait simplement entendu parler de nos collines et de nos lacs. Et que, pour ceux que cela intéresserait, elle pouvait toujours se rendre utile. Elle pouvait apprendre à lire et à écrire à ceux qui n'avaient pas eu la chance d'aller à l'école, donner des cours de couture et de broderie et initier les jeunes désœuvrés au jardinage et à l'élevage des poulets et des cochons. Mais, comme le disait mon père, « à Nyamata, il n'y a que des fainéants et des menteurs, à moins que ce ne soit l'inverse ». Une dizaine tout au plus restèrent avec elle, passé les trois semaines d'essai. Les autres retournèrent au bar de la Fraternité pour noyer leur ennui dans l'alcool et le jeu de dames. Comme mon père, elle aimait l'odeur de l'herbe, la vie simple et le travail bien fait. Elle le dérangeait à n'importe quel moment pour lui demander la meilleure manière de faire pousser le haricot, de déterrer les ignames ou de préparer ce savoureux plat à base de graines de sorgho que nous appelons *impegeri*. Elle était chez elle chez nous et nous nous sentions bien dans sa maison. Elle pensait comme nous que la terre a du bon et que ce n'est pas honteux de vivre. Mais il y en a que cela dérange, qui ne sont jamais aussi heureux que quand ils emmerdent les autres. Une folle rumeur s'était mise à enfler : on avait importé des machettes de Chine et des grenades de France. On entraînait des milliers de gens dans les collines. Une saignée plus redoutable que les précédentes allait s'abattre sur le village. « Des sornettes! fulminait mon père. Il ne se passera rien. Jamais

121

ils n'oseront ! Fuyez si vous voulez ! Moi, aucune menace ne m'empêchera de m'occuper de mon champ ! » La mère supérieure brésilienne pensait comme lui : « Les sœurs et moi, nous avons passé la nuit à prier, répétait-elle. Demain, les prêtres belges diront la messe. Faites comme si de rien n'était ! Si jamais il se passe quelque chose, ça s'arrêtera à Kanzenzé. Comme les dernières fois, ça ne passera pas le pont. » L'Italienne, elle, ne disait rien. Mais ça se voyait qu'elle était sombre, torturée par une sourde inquiétude. Du haut de l'avocatier où j'aimais me percher pour cueillir des fruits, je m'amusais à l'observer se démener dans son potager. Elle se redressait soudain, comme saisie de maux de ventre, laissait tomber sa binette, s'essuyait les mains sur sa salopette et regardait longuement du côté des collines.

Certains virent en elle une brave femme, d'autres une petite folle. Il fallait effectivement être l'une ou l'autre, plus plausiblement les deux, pour réveiller en pleine nuit le juge et le sous-préfet, s'accrocher à leurs pyjamas et leur demander en hurlant de faire quelque chose avant qu'il ne soit trop tard. Voyant que cela ne servait à rien, elle avait passé les jours suivants rivée à son téléphone. Et comme ça, on avait entendu sa voix sur toutes les radios internationales. Elle demandait que l'on prévienne le *Ouatican* et les *Notions-Unies*. Une grande tragédie se préparait. On allait tuer les Tutsis, on allait tuer les Hutus qui n'étaient pas pour le président Habyarimana, on allait tuer tout ce qui bougeait si l'on ne faisait rien. Le sous-préfet en personne vint sonner à sa porte. J'étais dans le potager, j'entendais tout : « Vous êtes une étrangère, disait-il. Ne vous mêlez pas de nos affaires ! » Il parla de beaucoup d'autres

choses trop compliquées pour mon âge. Je compris seulement que l'affaire était grave car il menaça de la faire
taire et s'en alla en claquant la porte.

Je préparais ma sacoche pour me rendre à l'école
quand ils arrivèrent. Certains étaient armés de gourdins, d'autres de machettes. Je ne sais pas ce qui lui
prit mais elle ne trouva rien de mieux à faire que de
sortir pour voir. On la cueillit au portail. On l'assomma
d'un coup sur la nuque. On la traîna jusque dans la
cour de l'église. On la découpa en morceaux.

*
* *

Contrairement à ce que l'on croit, il n'est pas facile
de tuer un homme. Il me semble que le corps de Musinkôro continua de bouger. Il fallut la dernière balle pour
lui ôter toute son âme. Incroyable le raffut que peut
produire une chose aussi petite qu'un simple revolver !
Autour de moi, le monde entier semblait s'être réuni
pour gesticuler et pleurer. Les coups de feu avaient dû
réveiller la moitié de la ville. J'entendais des portes cla-
quer, des voix somnolentes s'interpeller : le ciel avait-il
lâché, était-ce le début d'une nouvelle saignée ? Je restai
plusieurs secondes hébété devant le cadavre, l'arme
toujours à la main. Curieusement, personne ne songeait
à me ligoter ou à me lyncher. Quand la lumière rejaillit
dans ma tête, mon premier réflexe fut de jeter un coup
d'œil à la fenêtre. Par chance, aucun panneau de bois,
aucun assemblage d'ardoise et de carton ne l'obstruait
ce jour-là. Je pris mon élan et retombai sur les calebas-
siers qui poussaient tout autour de l'avocatier. Je fonçai

à travers les champs de maïs et les courettes encom-
brées de briques et de charbon de bois. Je courus le res-
tant de la nuit, revenant probablement plusieurs fois au
même endroit, avant de m'affaler essoufflé dans un
champ de manioc. Je me rendis compte, sous la
lumière de l'aube, que je me trouvais non loin de la Cité
des Anges bleus, devant l'ancienne mine d'étain. Je n'y
avais pas pensé. C'était le bestial instinct de survie qui
m'avait conduit là. « Les animaux se souviennent des
antres où ils ont grandi », disait le vieux Funga. Je n'y
avais pas grandi à proprement parler. Je savais que non
seulement l'endroit était difficile à repérer mais qu'il
était truffé de galeries où il faisait sec, et il était juste à
côté du réfectoire. Je m'imaginais survivre des restes
laissés par les pensionnaires. Je dus me résoudre à surmonter ma déception : les assiettes étaient empilées
dans un coin de la cuisine, propres comme un oignon
que l'on vient d'éplucher ; outre les épluchures de
bananes et de manioc, les poubelles contenaient un
quignon de pain que j'essayai de moudre avec une
pierre sans y parvenir. Je songeai aux plantations de
manioc et aux îlots de bananeraies voisins.

Je ne résistai pas plus d'une semaine. Les surmulots,
les taupes, le ruissellement des eaux de pluie, je m'en
accommodais fort bien. Ce furent les diarrhées torren-
tielles occasionnées par les bananes vertes, les pousses
de manioc (au goût d'aloès) et surtout l'insupportable
envie de fumer qui me firent sortir de mon trou. J'attendis que la moitié du soleil se glisse derrière le mont
Kigali pour ramper vers la broussaille. Je ramassai une
vieille houe abandonnée, l'accrochai à mon épaule.
Cela me donnait l'air d'un pacifique petit paysan reve-

nant de son champ. Marcher allait me faire du bien. Cinq kilomètres tout au plus me séparaient des premiers faubourgs de Kigali. Il me suffisait de franchir le maquis longeant la route puis de me fondre dans la masse des marchandes et des portefaix qui grouillaient dans les ruelles des bidonvilles et sur les trottoirs des grandes artères. La nuit tombait quand je parvins aux abords du marché. J'avais perdu mon arme, pas mes dollars. Je me faufilai dans un coin mal éclairé et hélai un *busenessman*. J'échangeai juste pour vingt dollars, ce n'était pas le moment de jouer au nouveau riche. Je m'achetai des cigarettes, du pain, des biscuits ainsi qu'une portion de viande boucanée. Ce fut un jeu d'enfant de retourner dans ma tanière. Les flics sont de grands dadais : ils ne voient que ce qu'on leur montre.

Je dînai de bon appétit et somnolai aussitôt. Je crus reconnaître une voix humaine. Je redressai le buste pour mieux prêter l'oreille. Ce devait être le bruit d'un magot déformé par l'écho. Je me recouchai mais je dus me relever de nouveau quelques secondes plus tard. Il n'y avait aucun doute : quelqu'un m'appelait.

– Faustin, réveille-toi ! Faustin, n'aie pas peur, c'est moi, Tatien ! Laisse-moi entrer et surtout ne tire pas !

Je m'avançai sur la pointe des pieds vers la sortie. J'escaladai la moitié du vieil escalier de fer pour pouvoir scruter le dehors. J'aperçus une ombre assise à même le sol juste au-dessus du trou. Tout autour, je ne voyais rien d'autre que la masse des roches et les silhouettes des acacias.

– Eh bien, je prends le risque. Descends si tu veux, mais les mains en l'air ! Au moindre geste menaçant, je tire ! Au cas où tu serais accompagné, que tes amis sachent bien que toi je ne te raterai pas avant qu'ils réussissent à m'abattre.

C'était bien Tatien ! Il m'avait reconnu au marché et suivi à distance.

– Ils nous surveillent tous. Ils pensent que nous savons où tu te caches. C'est une bonne idée d'être venu là, si près. Tout le monde te croit en Tanzanie... Dis quelque chose, ne joue pas au dur ! Pour moi, tu n'es pas un assassin. Pour moi, tu es seulement Faustin. Tu ne me crois pas ?... Ils ont chassé tout le monde avant de fermer le QG. Maintenant chacun se débrouille de son côté. On se dit à peine bonjour quand on se croise dans la rue. Reconnais tout de même que ce fut un sacré choc... Tu veux des nouvelles de tes frères et sœurs, je suppose ? Eh bien, je n'en ai pas.

Je ne jouais pas au dur. Je n'arrivais pas à répondre. J'étais là depuis peu et déjà je n'étais plus habitué aux hommes. D'un côté, j'avais envie de le chasser, de l'autre, j'avais pitié de lui. Il avait fait tout ce chemin pour moi. Je lui devais bien quelque chose. Je me remuai la tête. Tout ce que je trouvai, ce fut ça :

– Tu es sûr que personne ne t'a suivi ?

– On t'aurait déjà assiégé !

– C'est vrai ça !

– Tu sais, tu n'as pas besoin de prendre des risques. Je peux m'occuper de ton ravitaillement. Je viendrai les nuits. Ça ne me gêne pas de marcher.

C'était une idée géniale.

Je lui tendis la moitié de l'argent pour mon petit nécessaire et y joignis un billet de cent dollars.

– Ça, c'est le prix de ton silence !

– Tu comptes finir tes jours ici ?

– Allez, va-t'en! On fait comme on a dit. Et pense à mon revolver avant de commettre une bêtise!

(Il pensera jusqu'au bout que j'en avais toujours un.)

Il m'apporta d'abord une couverture puis un vieux matelas de mousse et même un oreiller et quelques vêtements rapiécés. A défaut de pouvoir me laver, je pouvais changer de haillons. Maintenant, je pouvais déjeuner d'un morceau d'igname cuit et dîner d'une boîte de sardines. J'avais un paquet de cigarettes tous les deux ou trois jours et parfois même de la bière. Trois mois s'écoulèrent. Vous pouvez me croire si vous voulez mais ça n'a rien de désagréable une vie de bête sauvage. Tout un océan avait fini par me séparer du monde raffiné des hommes. Je me sentais bien dans mon trou. Je n'avais plus besoin du dehors. Mes parents, mes sœurs, mon frère? Leur souvenir avait déserté ma tête de lui-même. Je ne regrettais rien, ne me reprochais rien. Je n'avais besoin de nulle part ailleurs : ni Kigali, ni la Tanzanie, ni ce vert paradis des Psaumes tant de fois promis par le père Manolo. J'avais annihilé le monde et pensais qu'en retour le monde avait fait de même en ce qui me concernait.

Ce matin-là, je fus réveillé par des bruits de chiens et de pas sur le cailloutis et le chiendent. Hormis les cris des pensionnaires de la Cité des Anges bleus, j'entendais parfois des groupes de braconniers passer tout près de la mine en parlant à voix basse de leurs trophées de chasse et de leurs prouesses sexuelles. Il n'y avait pas à s'inquiéter. J'étais devenu un fantôme ou un extra-terrestre. Les balles des vivants n'atteignent pas les fantômes...

Le bruit strident des sifflets m'amena à me boucher

les oreilles. Ils étaient bien une vingtaine à courir dans tous les sens à travers les galeries. La lumière d'une torche gicla sur mon visage. On me souleva par les pieds et par les mains. Dehors, cinquante autres attendaient, les fusils-mitrailleurs braqués vers la mine. Tatien se tenait au milieu d'eux. Il laissa tomber ses bras en signe de désolation pendant qu'on attachait les miens.

– Tu comprends, je n'en pouvais plus de garder le secret !

*
* *

La troisième fois que Claudine vint me voir, maître Bukuru était là avant elle, enfermé avec le directeur dans son bureau. On nous fit patienter dans le couloir. Je ne l'avais jamais vue avec des boucles d'oreilles. Elle avait l'air d'une princesse boganda. Les mouvements des détenus, dans le couloir, refluaient par moments jusqu'à nous. Je me retrouvai projeté contre elle. Je m'arrangeai pour la plaquer contre la porte afin de profiter de son parfum et des formes affolantes de son corps, magnifiquement mises en évidence par le chemisier cintré et le pantalon moulant qu'elle portait ce jour-là. Je regretterai toujours de ne l'avoir pas prise dans mes bras pour lui déclarer mon amour à cet instant-là. Elle m'aurait donné une gifle et traité de fou mais au moins je l'aurais embrassée.

– J'ai parlé avec le directeur, me dit maître Bukuru. J'ai obtenu que l'on t'accorde des sorties. Mais il y a un hic, c'est pour cela que notre entrevue a tant duré. Rends-toi compte, tu n'as aucun parent à Kigali !

– Il peut venir chez moi !

– La loi est formelle, mademoiselle Karemera : les sorties ne sont autorisées qu'en cas de parenté directe. Avez-vous des liens de sang avec ce… je veux dire, ce jeune homme ?

– Non !

– Vous voyez !

– Je peux me faire passer pour sa cousine !

– Seulement le père, la mère, les frères et les sœurs. C'est la loi ! Maintenant, excusez-moi, j'ai un autre client à voir. Vous lui annoncerez vous-même ce que je vous ai dit au téléphone.

– Je suppose qu'on parle de moi !

– De qui d'autre veux-tu qu'on parle, Faustin ? Si nous sommes là, tous les deux, c'est pour toi ! Je t'en prie, facilite-nous la tâche au lieu d'énerver tout le monde.

– Laissez, mademoiselle Karemera ! Je vais continuer à défendre ce renégat puisque j'ai donné ma parole. Mais je vous assure, j'aurais mieux fait de me casser une jambe.

– On ne m'insulte pas ! hurlai-je. Théoneste, mon père, lui-même ne l'a jamais fait. Et tu n'es pas mon père que je sache, abruti !

– Faustin ! sanglota Claudine. Je te défends…

– On parle de moi comme si j'étais un baluchon. Que l'on commence d'abord par me demander si j'ai envie de sortir d'ici !… Tu ne penses pas, Claudine, que je mérite mieux comme avocat ?

Je ne m'étais pas aperçu que je me tenais debout, l'air menaçant, face à la crapule. Je fonçai vers lui. J'étais prêt à mordre. Claudine, dans tous ses états, réussit à m'entraîner vers la porte tandis que le vieux Bukuru trépignait en rajustant nerveusement sa cravate.

– Tu te rends compte ! me dit-elle. Et si le directeur t'avait vu ? Et si les jabirus t'avaient entendu ? Ton procès, c'est demain à quatorze heures. Si tu te conduis de cette façon-là, même le bon Dieu ne pourra rien pour toi.

J'accueillis la nouvelle avec le même intérêt que si elle m'avait dit « demain, à quatorze heures, il pleuvra sur le stade de Nyamirambo ». Mon avenir – si, tant soit peu, il m'en restait encore – je m'en foutais. C'était son corps qui me rendait dingue. Je me mis sur la pointe des pieds, l'embrassai sur les deux joues et m'enfuis comme un voleur.

*
* *

On me sortit du Club des Minimes, menottes aux poings. Il pleuvait. Ce n'était pas seulement cela qui m'avait rendu hargneux. Nous avions passé la nuit à nous défoncer au haschisch et à la colle en supputant sur mon sort.

– T'en fais pas, disait Misago, s'ils te condamnaient à mort, c'est en fanfare qu'ils t'exécuteraient au stade de Nyamirambo avec une bande de grands caïds. Il y aurait plein de mecs pour t'applaudir et de jeunes filles pour te pleurer. Tu partirais de ce bas monde mais en sortant de l'anonymat.

– Il ne vaut pas tant, rétorquait Matata. Le stade de Nyamirambo, c'est pour les génocideurs. Lui, il n'a tué qu'un homme et encore !

130

– Taisez-vous, idiots ! grondait Ayirwanda. On ne condamne pas comme ça n'importe qui à mort, surtout quand on est mineur.

– C'est-à-dire ?

– Un mineur ? Mais c'est un petit bout d'homme comme toi qui crâne comme un éléphant mais qui sent encore le lait de sa mère.

Tous se tordirent de rire en me montrant du doigt. A leurs yeux, je devais être moins qu'une punaise, moins qu'une crotte de chèvre. Nous en étions maintenant à cet état que procurent les drogues où la ligne qui sépare l'euphorie et le désir de tuer n'est plus tout à fait nette. Je bondis vers Ayirwanda en tenant dans la main un tesson de bouteille.

– Eh bien, qu'on me condamne à mort ! Comme ça, je vous tuerai tous, toi le premier, Ayirwanda ! Pour moi, ce serait du pareil au même ; pour vous, cela changerait tout !

– Ne l'écoute pas, Ayirwanda ! fit Matata. On le condamnera tout au plus à vider le seau hygiénique. Ce qui au contraire nous arrangera tous, n'est-ce pas ?

Ils devaient encore pousser leurs rires démoniaques quand je m'endormis. Je me réveillai avec dans la tête tous les bruits nocturnes qu'on peut entendre autour de la mare de Ngenda et un infâme goût de colombine et de cendre sur la langue. Les jabirus me sortirent de là sans me donner le temps d'avaler le jus de chaussette sans sucre et sans pain que l'on nous sert en guise de petit déjeuner. Je dodelinais de la tête et parlais tout seul dans le panier à salade. On me fit attendre longtemps dans une salle annexe. Claudine se débrouilla pour m'y retrouver et me parler malgré la présence des jabirus :

131

– Ça va ?

– Eh oui, ça va très bien !

– Tu en es sûr, Faustin ?

– Qu'est-ce qui te permet d'en douter ?

– Je n'en doute pas, je m'inquiète. En ce moment, ce ne sont pas les raisons qui manquent pour que je m'inquiète pour toi.

– Si tu t'inquiètes vraiment pour moi, alors…

Je voulais dire : « … alors, aime-moi une fois pour toutes. Retrousse ton pagne, accroupis-toi sur mes jambes. Faisons ce qu'il faut faire dans ces cas-là et que les jabirus en crèvent d'offense et de jalousie. Après cela, qu'ils me pendent s'ils le veulent ou qu'ils me jettent du rocher de la Kagera ! » Mais un dernier reste de pudeur jaillit de ma conscience pour m'empêcher de continuer. On ne devient pas cinglé d'un simple coup de tête.

– Alors quoi ? reprit-elle en m'enlevant une roupie du coin de la narine.

Elle avait le souffle bien court. De vilains cernes – les premiers, depuis que je la connaissais – ornaient ses yeux et ses bracelets s'entrechoquaient sur sa main tremblante.

– Alors… Tu crois que je suis devenu fou à cause de ce qui s'est passé hier ?

Elle répéta plusieurs fois :

– Qu'est-ce qui s'est passé hier, mais qu'est-ce qui s'est passé hier, Faustin ?

Je ne faisais déjà plus attention à ce qu'elle disait. Sa voix se fondait dans celles des jabirus qui papotaient autour de leurs sujets préférés : la relève de la garde qui ne se passait jamais à temps, les imprévisibles bagarres des prisonniers… J'avais envie de pleurer au creux de son cou et de murmurer à son oreille : « Alors, prends plutôt soin de toi. » Mais comme je vous l'ai dit, mes orbites sont devenues vides, il ne me reste plus de larmes. C'est ainsi.

Ce vieux Bukuru entra vers le milieu de la matinée. Il embrassa Claudine plusieurs fois et se crut obligé de devenir prévenant :

– Alors, mon petit gars, j'espère que ça va mieux maintenant ! Cela vaudrait mieux ainsi. C'est aujour-d'hui le grand jour. Si tu arrives à te contenir, tout se passera bien. Les juges ne sont pas plus méchants que les autres. Tu verras, je te sortirai d'affaire si tu y mets un peu de bonne volonté. J'ai sauvé plus d'une tête et dans des cas bien plus compliqués que ça.

Il posa son attaché-case par terre, s'assit sur un banc et parla avec Claudine comme si je n'étais pas là. Voilà ce que j'ai entendu :

– C'est pas plus mal qu'on commence par lui. Cela me fera un sacré entraînement pour la suite. Je n'ai pas moins de cinq cas dans la journée.

– Excusez-le, maître ! Ce n'est pas qu'il soit bien méchant mais comprenez qu'avec tout ce qu'il a subi...

– Ah, vous autres des affaires sociales, vous voyez des victimes partout ! Je trouve la justice bien plus humaine que la pitié. Pourtant, croyez-moi, je n'ai rien d'un bourreau !

Ils chuchotaient mais je n'avais aucune peine à les suivre. « Les oreilles du lapin sont très longues, elles s'allongent davantage quand même à l'approche des grands fauves », disait Théoneste, mon père.

Bukuru alluma un petit cigare. Claudine lui demanda :

– Comment allez-vous contre-attaquer ?

– Oh, d'abord, je ferai état de son jeune âge bien que je déteste m'apitoyer. Après tout, il s'agit d'un mineur même si la loi n'est pas très claire là-dessus. En fait, il n'y a plus de véritable loi. Il n'y a plus rien de véritable ici. Nous sommes au seuil d'une nouvelle vie, il faudrait tout recommencer : l'histoire, la géographie, l'État, les mœurs, pourquoi pas la manière de concevoir nos enfants ?

– Pour le procureur Kirikumaso, un enfant génocideur est un génocideur comme un autre.

– Laissez donc ce pauvre Kirikumaso déblatérer ! Cet enfant n'est pas un génocideur : il a simplement vengé sa sœur. Le crime passionnel, l'honneur de la famille !... C'est drôle, des familles, il n'en reste plus beaucoup, on s'attache à défendre leur honneur quand même. Ce n'est pas parce qu'il y a eu le génocide que les Rwandais ont perdu toute morale !

On nous entraîna à travers un couloir tortueux encombré de vieux bancs et de volubiles secrétaires. Nous entrâmes dans une grande salle pleine de jabirus en armes, de femmes portant leurs enfants sur le dos et de marchands ambulants venus avec leurs tablettes de chewing-gum et leur panoplie de montres-bracelets. Quelqu'un hurla un ordre, tout le monde se mit debout. Des hommes habillés comme des femmes entrèrent. « Ce sont eux les juges ! » me chuchota Claudine. Chacun sortit de son sac une pile de papiers de deux à trois coudées. Ils parlèrent jusqu'au milieu de la matinée. La moitié de la salle s'était endormie quand maître Bukuru finit de répondre. C'est alors que l'un d'eux se tourna vers moi :

– Dis-nous, Faustin Nsenghimana, pourquoi avoir acheté ce revolver ?

134

– Vous le savez bien : tout le monde en a un en ville.

– On ne parle pas de toute la ville, on parle de toi, Faustin Nsenghimana !

– Envisageais-tu déjà de tuer Musinkôro ? reprit un deuxième. Vous avez bien eu un différend dans ce camp de Rutongo ?

– Oui…

– Bon ! Donc, tu voulais déjà le tuer ?

– Non !

– Mon client est trop jeune ! fit Bukuru. Il ne peut saisir toutes les nuances de vos questions. Alors, de grâce…

– Trop jeune pour comprendre nos questions mais assez vieux pour se procurer une arme ! rugit un troisième. Rendez-vous donc compte, maître, cet individu a tué un homme !

– Faustin, insista le tout premier, si j'ai bien compris, tu as tué cet homme parce que tu l'as trouvé, disons, avec ta sœur ?…

– Vous, si je couchais avec votre sœur, vous me feriez bien ce que j'ai fait à cette pourriture, non ? L'honneur de la famille, ça ne se discute nulle part au monde, en tout cas pas chez les Nsenghimana !

Certains rigolaient, d'autres applaudissaient. Bukuru me tirait nerveusement par la chemise en me faisant des gestes affolés. Quant à Claudine, son visage perlait de sueur, elle était au bord de l'évanouissement. Moi, j'étais fier de moi.

– C'est toi qu'on juge, Faustin, certainement pas le monde entier ! dit le troisième juge en s'étranglant de rage.

– Dis-moi, Faustin, continua le deuxième juge, dans

135

ce fameux QG, vous n'étiez pas que des petits saints si l'on en croit Tatien. Tu as bien couché avec des filles là-bas, je veux dire les sœurs des autres et personne, que je sache, ne t'a logé une balle dans le ventre !...

— Justement, c'étaient les sœurs des autres !

La salle s'était remplie à craquer au fur et à mesure que je parlais. Les juges, les jabirus qui montaient la garde, la femme à la perruque blonde qui tapait à la machine en reniflant comme un potamochère n'intéressaient personne. C'était pour moi les éclats de rire complices et les regards admiratifs. N'en déplaise à ce crétin de Matata, je n'avais plus besoin du stade de Nyamirambo pour asseoir ma renommée.

— Faustin Nsenghimana, menaça le premier juge, tu es ici dans un tribunal ! Nous sommes tes aînés et tes juges ! Sois poli sinon nous allons te condamner pour outrage à magistrat.

— Il y a deux ans que je croupis dans un trou à rats. Si vous pensez qu'il y a pire condamnation que cela, alors condamnez-moi ! Comme disait Théoneste, mon père, « le borgne est plus proche de l'aveugle que des gens bien portants ».

— Regrettes-tu ton acte ? me demanda le troisième juge.

— Je m'excuse, monsieur le juge, mais je n'ai aucun sens du regret.

Dans la clameur grandissante de la foule, j'entendis une voix qui disait :

— En voilà un qui ne se laisse pas faire ! Il a la langue bien pendue, le petit !

Le premier juge donna des coups de marteau, ce qui fit voler la poussière de son bureau.

– Silence ou je fais évacuer la salle !

– Qu'il fasse attention quand même s'il veut sauver sa tête ! conseilla la vieille femme qui se curait les dents sur le premier banc à ma droite, sans tenir compte du coup de semonce.

– Oh ! ma bonne vieille mère, répondis-je, je n'ai fait que ça, ces derniers temps : sauver ma tête. Si on me la coupe, je n'aurai qu'un regret : n'avoir pas suffisamment profité du bon temps.

– Ah ! dit le premier juge, il t'arrive tout de même de regretter !... Ta propre vie, bien entendu, sûrement pas celle de ta victime ! Tu es un monstre, Faustin ! Tu ne mérites pas d'appartenir au genre humain !

– Je n'ai jamais pris ça pour une gloire, appartenir au genre humain ! Jamais je n'ai vécu aussi heureux que quand j'étais dans la mine d'étain !

– Tu nous dis que tu regretterais de ne pas avoir vécu davantage. Vivre, ça veut dire quoi pour toi ?

– Manger un bon plat d'*umushagoro*, se soûler à sa guise et culbuter la femme que l'on aime sans que la justice s'en mêle !

Jusque-là, la salle m'avait plutôt à la bonne. Maintenant, elle se taisait. C'était quelque chose de pénible. Je le sentais sur mes épaules comme une charge de brandons ou de glace. Je me rendais bien compte que les choses devenaient graves mais j'étais trop loin dans l'euphorie, je ne pouvais plus reculer.

– Quoi ! dis-je en regardant la salle éberluée et les mines défaites des magistrats. Vous n'allez pas me dire que cela ne vous arrive jamais de culbuter une belle femme ! A moins que...

A présent, personne ne riait. La voix terrifiante du

premier juge fit vibrer les vitres. A côté, le bruit du tonnerre aurait eu l'air d'un clapotement :

– Évacuez-moi cette vermine avant que je perde mon contrôle !

Ma tête heurta les bancs et les parois du mur. Je cherchai vainement le visage de Claudine avant de me retrouver dehors, la tête en bas et les genoux en compote. Elle avait dû partir pour ne pas mourir de honte.

Ce fut seulement le lendemain quand je vis ce dur d'Ayirwanda en larmes que je compris.

Je venais d'être condamné à mort.

*

* *

Petit, je tenais en horreur tout ce qui paraissait mystérieux. Les prédictions m'inquiétaient. La nuit noire me terrorisait. Rien ne me rassurait autant que la lumière du jour où j'étais certain que le sol tenait ferme sous mes pieds et que le ciel était toujours là-haut ; qu'un singe sur les branches d'un grévéhia n'était pas forcément un lutin et que c'était une paisible poule d'eau et rien d'autre qui remuait dans un fourré de pyrèthres. J'en voulais au vieux Funga de voir en n'importe quel éclair un signe comminatoire du ciel et au père Manolo d'évoquer trop souvent ce dieu chrétien si prompt à vous griller l'éternité durant pour un simple péché de gourmandise. Pour dominer mon angoisse, je me disais que tout cela n'était pas vrai, qu'ils inventaient des histoires pour amuser les barbes blanches et faire peur aux enfants. Seulement, quand je vis à la télé du bar de la Fraternité le père Manolo s'effondrer sous les pieds du pape dans l'église de Kabwayi alors que déjà, de tous côtés, les paysans chuchotaient qu'il y aurait une nouvelle saignée, la panique se saisit de moi. Je courus trouver mon père Théoneste qui s'activait dans la bananeraie.

– Père Théoneste, dis-moi, est-ce que je suis un Hutu ?

– Un vrai puisque moi-même j'en suis un !

C'était soulageant d'entendre ça. Je voulus m'en persuader une fois pour toutes.

– Donc je ne suis pas tutsi !

– Mais si, tu en es un puisque ta mère Axelle est tutsi… Mais pourquoi me demandes-tu ça ?

– Il est bon de savoir qui on est, non ? Surtout par les temps qui courent !

– Ça c'est vrai, mon enfant ! Mais va piéger les oiseaux, n'écoute pas ces idiots de Kigali. A part mentir à la radio, ils ne savent rien faire d'autre. Ça veut pas dire grand-chose, Hutu ou Tutsi, c'est comme si tu perdais ton temps à comparer l'eau et l'eau. Ta mère Axelle était la plus belle bergère du hameau de Bimirura. Cinq prétendants avaient présenté une chèvre à son père. Eh bien, c'est moi qui ai eu sa main !

De là, je filais au couvent des Brésiliennes.

– Me voilà, mère supérieure ! dis-je en passant le portail. Voulez-vous que je m'occupe de tailler vos roses ?

– Ce serait si gentil, mon beau petit Faustin ! Je disais ce matin aux sœurs qu'elles avaient bien besoin d'un coup de cisaille. Nous n'avons jamais un moment à consacrer à ces pauvres roses : le ménage, la couture, les dragées, la catéchèse !… Dieu te le rendra, mon petit Faustin ! Dieu est toujours magnanime envers les âmes serviables !

139

Je taillai les roses, balayai la cour, rentrai tout le linge qui séchait dehors.

– Mère supérieure, puisque Dieu est magnanime, vous pensez qu'il voudra me protéger quand vont commencer les tueries ? demandai-je avant de prendre congé.

– Quelles tueries ? Il nous protégera tous ! Allez prends ça (elle me fourra dans les poches des dragées pour toute une semaine ainsi que des biscuits et du fromage de chèvre) et cesse de te tourmenter ! Rien n'arrivera à Faustin – pas plus qu'à moi d'ailleurs ! Seulement n'oublie pas d'aider ton vieux père et de prier le Seigneur même quand personne ne te surveille.

Je rentrai chez moi en sifflotant et sortis le vieux ludo pour jouer avec Donatienne. C'est cet instant-là que choisit Funga pour faire irruption chez nous :

– Théoneste, tu as appris ce qui se passe ?

– Non ! répondit mon père.

– Théoneste, tu seras toujours plus bête que les autres. Ils ont abattu l'avion du président et tu n'es même pas au courant !

*
* *

Matata frotta un brin d'allumette, alluma un bout de chiffon, s'avança vers moi, les yeux luisants de malice.

– Que fais-tu là, grand nigaud ? lui demanda Ayirwanda qui n'avait pas fini d'essuyer ses larmes.

– Je voulais juste voir de près une tête de condamné à mort. Je croyais que cela avait quelque chose de terrifiant. Mais non, c'est exactement comme les autres avec des arcades sourcilières de singe et des petits poils dans le nez.

Cela n'amusa personne. On ne rit pas dans les veillées funèbres. Depuis mon retour du tribunal, tout le monde est occupé à me gâter. Les jabirus m'offrent des cigarettes. Ayirwanda veille à mon approvisionnement en haschisch et en colle. Des restes d'ignames cuits et de quignons de pain me parviennent à travers la longue chaîne humaine qui me sépare des autres cellules. Je vous l'ai déjà dit : y a rien de plus sacré qu'un mourant. Le véritable ennemi, c'est celui qui pète la santé, c'est sur celui-là qu'on reporte les dépits et la hargne. C'est comme ça ! Dans les regards qui m'entourent, je lis autant la dévotion que la tristesse. Chiche ! Ma nouvelle situation fait des admirateurs et même – je ne demande pas tant ! – des envieux. Et c'est vrai, je ne suis pas à plaindre. Tous les hommes proches de la mort revisitent en pensée les grands moments de leur existence : eh bien, en ce qui me concerne, aucune trace de malheur ne me revient en tête. Quinze ans de vie sur terre et, au bout du compte, rien à regretter ! Sauf peut-être Claudine, son sourire et ses seins, son parfum, son merveilleux petit derrière ! Mais Claudine aussi, j'ai appris à m'en passer. Une fois au bord de la tombe, la pièce est finie. La seule chose qui vous reste à faire, c'est de tirer le rideau. Il suffit d'un petit peu de lucidité pour apprécier toute la farce ; or rien de plus lucide que celui qui s'apprête à crever. Il n'était pas si con que ça, mon vieux Théoneste de père, il devait être simplement lucide. Je me rappelle ce qu'il avait dit au brigadier Nyumurowo quand celui-ci m'avait arraché mon cerf-volant des mains : « Et tu crois, toi, que c'est l'ennemi

141

qu'il faut abattre ? Ça se voit que tu n'as rien compris à la parole des anciens. "Si tu hais un homme, laisse-le vivre !", voilà ce que disaient les anciens ! »

*
* *

Donc l'avion du président fut abattu le 6. En tombant du ciel, il ramena avec lui toute une pluie de mauvais augures. On vit un troupeau de topis traverser le village, des aspics et des caméléons sortir de partout et, en plein jour, une volée de hiboux se percher sur le toit de l'église. Les gourdes de vin de palme se remplirent de sang et des colonnes de fourmis-magnans envahirent les domiciles et les puits. « Et alors ! pesta Théoneste, mon père. En 1972 aussi, on avait vu une marée de grenouilles se répandre dans la cour de l'école et même un couple d'albinos venus d'on ne sait où batifoler sous les grévéhias. N'empêche que, cette année-là encore, les tueries n'avaient point dépassé le pont du Nyabarongo ! On est à Nyamata, ici ! » On pensa qu'il était devenu devin car il ne se passa rien le lendemain. Cependant, le 12, les premiers rescapés couverts de blessures vinrent demander refuge et, entre comas et râles, nous racontèrent ce qui se passait à Rutongo ou à Kanzenzé. On y empalait les femmes enceintes et dépeçait les agonisants. Cela me donnait le même sentiment de bonheur que les nuits noires, quand je m'imaginais les malheurs d'un enfant abandonné dans la forêt, grelottant de froid, menacé par les lycaons et les hyènes, pendant que moi j'étais au chaud et sous la joviale protection de Théoneste, mon père. Chez nous, il ne se pas-

142

sait toujours rien. Le village continua de sarcler les car-
rés de patates, de jouer à l'*igisoro* et de se soûler de
bière de banane et de vin de palme. Le soir, on s'attrou-
pait autour de la télé du bar de la Fraternité et de Radio
Mille Collines. On voyait ces messieurs de la télé expliquer le maniement des machettes. On entendait les
chants de guerre. Cela nous amusait un peu. Ce qui se
passe au loin ne peut être tout à fait dramatique. Il y
eut même parmi nous quelqu'un pour s'exclamer :
« Celui-là (il parlait du bonhomme de la télé qui portait
un chapeau de raphia), jamais je ne l'engagerai pour
ma récolte de bananes : il tient sa machette par la
lame ! » Et, bien entendu, tout le monde avait rigolé.
Était-ce l'inaltérable optimisme de mon père ou les
prières de la mère supérieure ? Le village réapprenait à
rire. Un optimisme prudent avait succédé à la folle
inquiétude des dernières semaines. Ainsi vit-on même
quelques fugitifs ressortir de la brousse. Cinq fois de
suite, les dieux nous avaient épargnés, pourquoi ne le
feraient-ils pas cette fois-ci encore ?

*
* *

Le 13 à l'aube, pour la première fois, des Jeep et des
camions-bennes remplis de miliciens Interharamwe,
drogués et soûls, franchirent le pont de Nyabarongo. Ils
firent irruption dans les ruelles de Nyamata sous un
déluge de hurlements et de klaxons. Les hommes sautèrent des véhicules pour tirer des rafales en l'air. Ils se
roulèrent sur le sol de la cour de l'école en entonnant des
chants lugubres qui terrifièrent même le sorcier Funga.

Ils saccagèrent le magasin de l'Oprovia, brisèrent les vitres de la pharmacie Prudence et vidèrent au goulot les bouteilles du bar de la Fraternité. Après quoi, ils se ruèrent vers l'église, se soulagèrent à tour de rôle sur la tombe de l'Italienne puis menacèrent de brûler l'édifice.

– Qu'allons-nous faire aujourd'hui ? cria leur grand chef.

– Nous allons brûler les Tutsis ainsi que leurs amis !

– Pourquoi le ferons-nous ?

– Parce que ce sont des cancrelats !

Ils défilèrent devant le tribunal, sous les fromagers de la sous-préfecture et sur le terrain de football en scandant cela. Puis, lorsque le soleil fut à la hauteur du clocheton de l'église, ils remontèrent dans leurs véhicules et déguerpirent sans cesser de hurler.

Chacun s'était contenté d'observer sur le pas de sa porte ou tapi dans un fourré, sans oser respirer fort et sans pousser un éternuement. Quand ils furent tous partis, on s'attroupa dans la cour de l'église sans s'être concerté. Pour surmonter sa frayeur, chacun avait besoin de se rapprocher de l'autre.

– Ce sont de drôles de petits farceurs ! exulta mon père. Peut-être qu'il ne se passe rien nulle part et qu'ils veulent juste se montrer. Allons, retournons dans nos champs ! Et que, la prochaine fois, personne ne se dérange pour si peu ! Je vous l'ai déjà dit : on est à Nyamata, ici !

– Alors, les blessés qu'on a vus venir doivent être d'excellents petits farceurs ! ricana sèchement quelqu'un.

A ce moment-là, la mère supérieure brésilienne déboucha du jardin potager, poussant devant elle une brouette remplie de salades et d'artichauts.

– Vous voyez que c'est le plus sensé de vous tous, ce bon vieux Théoneste. Allez, faites ce qu'il vous dit : retournez à vos occupations ! Évitez de vous attrouper, c'est le genre de chose qui les excite ! Il ne se passera rien. Enfin... à condition que vous continuiez à prier. Vous ne pensez au Christ que quand la mort se met à vos trousses, bande de mécréants ! Ah, c'est qu'on en viendrait à souhaiter des moments comme celui-là : jamais on n'avait vu autant de monde à l'église !

*
* *

La nuit du 14, les prêtres belges s'enfuirent vers le Burundi.

Le 15, nous nous levâmes à l'aube comme de coutume. Mon père et moi étions en train de nous débarbouiller au bord du puits avant de goûter à notre bouillie de sorgho. Le vieux Funga se montra, se faufilant comme un voleur entre les plants de manioc des lougans.

– Tu m'intrigues, Funga ! lui cria mon père. Quel drôle de manège ! Les esprits t'auraient-ils interdit de prendre la route comme tout le monde ?

– A toi, je peux le dire, Théoneste. Tu n'es pas bien futé mais, heureusement pour nous, tu n'es pas indiscret non plus. Voilà : je vais aux marais de Ntarama !

– Et que vas-tu faire aux marais de Ntarama de si bonne heure ?

– Je vais jeter mes gris-gris ! Je ne crois plus en l'avenir !

– Jeter tes gris-gris ! Ça, faudra me le répéter cent fois avant que j'y croie !

145

– Il te suffira de me suivre pour voir ce que je vais faire.

– Oh non, j'ai mon sorgho à récolter et mes biques à soigner ! Vois-tu, Funga, j'ai décidé de m'occuper de mes affaires et de fermer les yeux sur les extravagances que je vois autour de moi. J'ai parfois l'impression que les gens sont devenus fous.

– Pas les gens, Théoneste : les dieux ! Les dieux sont devenus fous ! Il m'arrivait de m'en douter un peu. Mais, depuis la nuit dernière, je sais maintenant à quoi m'en tenir.

– Que t'est-il arrivé ?

– Ne me demande pas ça ! Les dieux ont créé le monde dans le plus grand secret, il n'est pas permis de tout dire. Estime-toi plutôt heureux d'ignorer ce que moi je sais.

Il s'était mis à renifler vite, je crus qu'il allait éclater en sanglots. Il ajusta sa besace qu'il tenait en bandoulière, fit voler des gerbes d'herbes en frappant le sol avec sa canne de rotin. Il psalmodia des diableries et s'engouffra dans la brousse.

– Allons prendre notre bouillie ! dit mon père. Il est devenu fou, c'est vrai. Mais les fous non plus ne vont pas jusqu'à jeter leurs grimoires ! Tu verras, il n'en fera rien.

Comme pour lui donner raison, Funga ressortit bruyamment en écartant les hautes herbes. Il s'assit un instant sur la margelle du puits, incapable de dissimuler son extrême désarroi.

– Si tu me survis, Théoneste, pense à remettre à la bonne place ce rocher de la Kagera ! Sinon, ce n'est pas seulement pour le village qu'il faut craindre mais pour la terre entière. Des choses étranges défilent sous mes yeux : des êtres hybrides, des fleuves de sang charriant des montagnes de têtes vidées de leurs yeux. Ah, c'est de notre faute à nous autres anciens ! Nous avons négligé les dieux, ces derniers temps. Nous avons servi celui des autres. Nous le paierons !

Cela mit à mal le légendaire optimisme de mon père.

— Tiens ! me dit-il en posant sur les graviers de la cour la calebasse de bouillie. Prends-en deux bonnes rations, on ne sait pas si tu en auras demain !

Pour la première fois, il oublia de coiffer son vieux chapeau de paille avant de partir au champ. Cela troubla ma mère quand elle s'en rendit compte. Elle pensa d'abord que je devais le lui apporter mais finalement se ravisa :

— Va plutôt jouer au cerf-volant avec les petites pendant que je m'occupe des ustensiles ! La mère supérieure ne va plus tarder. Quand elle aura pris son lait, nous irons le rejoindre pour l'aider à cueillir les haricots, nous lui apporterons son chapeau en même temps.

Elle n'avait pas fini de dire cela que mon père réapparut, la mine déformée par la colère.

— Il n'y a donc personne dans cette maison pour me rappeler que j'ai oublié mon chapeau ?

— Tu parles d'un chapeau ! s'emporta ma mère. S'il ne tenait qu'à moi, je l'aurais déjà mis au feu, ce torchis ! Comme si l'on n'avait pas suffisamment honte de toi !

— Garde-toi de me provoquer, Axelle, je ne suis pas sous mon meilleur jour !

— Ton meilleur jour ! Dis-le donc aux autres ! Si tu savais comme ils te voient ! Y a qu'avec moi que tu oses faire l'important !

147

– On ne parle pas comme ça à son mari, surtout à des moments pareils ! Tais-toi et donne-moi la gourde de vin de palme avant que je n'explose !

Des scènes pareilles, il s'en produisait cinq ou six par jour chez nous. Cela n'allait jamais bien loin. Pour nous les enfants, c'était une belle occasion de nous fendre la gueule. Nos parents n'étaient jamais aussi marrants que losrqu'ils se mettaient à s'engueuler. Mais mon père finit par se calmer sous l'effet du vin de palme. Il chantait à tue-tête quand le chariot de la mère supérieure caracola sur les graviers du chemin.

– Tu n'as pas l'air de t'en faire, toi ! lui dit-elle en foulant notre cour.

Il aida son boy à charger les bidons de lait sans interrompre ses rengaines.

– Prenez donc un peu de beurre rance avant de vous en aller, mère supérieure !

– Non, Théoneste ! Mais si tu fais un petit tour en brousse, n'oublie pas de me ramener des racines d'aloès. Je dois purger deux de mes petites pensionnaires qui souffrent de ténia.

– Voilà ce que j'aime en vous, mère supérieure : vous êtes aussi inébranlable que moi ! Songez qu'il y en a dans le village qui ne prennent même plus la peine de cueillir leur café sous prétexte que demain ils ne seront plus là pour en profiter. Vous entendez ça ?

La mère supérieure rajusta sa cape et fit signe au boy. Elle poussa le pas jusqu'au jardin potager. Là, elle sursauta et fit demi-tour sans prévenir le domestique qui s'était rapproché de l'église avec son chariot de lait.

– Vous avez oublié quelque chose, mère supérieure ? lui demanda mon père. Le beurre rance peut-être ? Je me disais bien. Personne ne saurait bouder le beurre rance de ma femme Axelle !

– Donne-moi les petites ! Elles m'aideront à écosser les haricots !...

– Alors, qu'elles emmènent Ambroise avec elles ! exigea ma mère. Tout seul, il ne ferait que pleurer, je ne pourrais pas terminer mon ménage.

– Euh... Quand je dis les petites... je parle d'Ambroise aussi, bredouilla la mère supérieure.

Elle prit les enfants et disparut. Ce fut la dernière fois que je la vis.

*
* *

Après avoir vidé sa première gourde de vin de palme de la journée, mon père en demanda une autre. Ma mère qui était aussi passive qu'une limace pouvait parfois se montrer catégorique : c'était non ! Il se résigna à prendre son chapeau et ses outils pour regagner son champ.

– Nous allons avec toi ! suggéra ma mère. Mon ménage, je le ferai plus tard.

– Non ! Vous me rejoindrez au milieu de la matinée. Il y a trop de rosée pour l'instant. Je vais m'occuper de ce vieux trébuchet en attendant que ça sèche un peu.

J'allais pouvoir profiter de mon cerf-volant en toute quiétude. Mon frère et mes sœurs ne me demanderaient pas de leur prêter ou de leur montrer comment ça fonctionne. Mon père ne me dérangerait pas pour que je lui apporte sa gourde ou que j'aille à l'autre bout du village chercher des piles pour sa radio ou de la poudre de tabac pour sa chique. Je chaussai ma paire de baskets (c'est l'Italienne qui me les avait ramenées

de Kigali quelques semaines avant de se faire étriper).
Le vent soufflait avec beaucoup de force. Mon cerf-
volant s'envolait tout seul, aussi majestueux qu'un aigle
planant au-dessus des arbres. J'effectuai plusieurs tours
entre l'église et le couvent des Brésiliennes avant de me
lancer dans un long périple à travers le village. Tout
avait l'air calme à ce moment-là. Je remarquai cependant que beaucoup de maisons portaient une grande
croix inscrite à la craie rouge. Le marché était vide, les
portes du bar de la Fraternité verrouillées. Sous les
manguiers et devant la station-service, de petits attrou-
pements s'étaient formés. Les rares passants que je
croisais poussaient des cris d'étonnement :

– Mais c'est le fils de Théoneste ! Voyez-moi ça : il joue
au cerf-volant ! Les tueries vont commencer et il joue au
cerf-volant ! Il n'y a pas à dire, les idiots sont nés pour
être heureux !

Je fus rattrapé au niveau du salon de coiffure par
Lizende, le fils du tailleur Gicari.

– Nous allons tous mourir, Faustin, et toi tu joues au
cerf-volant ! A quoi bon narguer la mort, Faustin ?

– La mère supérieure et mon père ont affirmé qu'ils
ne passeraient pas le pont. Si tu les avais écoutés, tu ne
te serais pas mis dans cet état-là.

– Pauvre Faustin ! Au moment où je te parle, ils sont
en train de massacrer le village de Ntarama, ce qui veut
dire que le pont, ils l'ont bel et bien passé.

– Je ne te crois pas !

– Entre dans n'importe quelle case : demande aux
femmes en pleurs ! Demande aux hommes terrés dans
les latrines et les greniers ! Personne n'a réussi à fuir : le
village est encerclé.

– Tout a l'air calme ici.

– Les gens se sont résignés. Que veux-tu qu'ils fassent d'autre ?

Il me montra un tissu de percale qu'il tenait sous ses aisselles.

– Regarde : c'est mon linceul ! Mon père Gicari en a donné à chaque membre de la famille. On est tous tutsi chez nous, tutsi à cent pour cent. Ces gens sont de vraies bêtes : ils savent tuer mais ils ne savent pas enterrer. En mourant le linceul à la main, c'est comme si on t'avait enterré. C'est ce que nous a dit mon père.

Il me rappelait le père Manolo en train d'évoquer le jugement dernier : avec un regard terrifiant et une voix vibrante qui semblait venir d'une autre bouche que la sienne. Cette fois, j'eus vraiment peur. Et chez moi, la peur, c'est toujours dans la vessie que ça se loge. Je lui refilai mon cerf-volant et m'éloignai vers le fossé pour pisser un bon coup. En remontant ma braguette, j'entendis une clameur s'élever de la route de Kigali, puis une détonation. Une épaisse fumée se dégageait du côté de la centrale électrique. Ça devait être le signal. Les paisibles groupuscules que j'avais aperçus tout à l'heure sous les manguiers et devant la station-service sautèrent en l'air en brandissant des marteaux, des machettes et des massues à clous tandis que les véhicules des miliciens entraient dans le village. Ce fut le même scénario que la fois dernière sauf que, ce coup-ci, on jouait pour de vrai. Je compris le sens des croix rouges sur les murs : c'étaient les maisons des Tutsis. Maintenant certaines d'entre elles brûlaient, d'autres étaient encerclées. Des femmes cherchaient à sauver leurs gosses. Elles étaient vite rattrapées. On les étendait dans leur propre cour, on leur sectionnait les tendons. Les bambins, on leur fracassait la tête en les cognant contre les murs.

– Tu vois que je ne t'ai pas menti! cria Lizende, presque heureux d'avoir eu raison.

Il se tenait toujours au milieu de la route, la ficelle de mon cerf-volant nouée autour de la main. Je dus moi-même déplier ses doigts pour le lui arracher. Son corps était inerte et froid. Je crus qu'il était mort bien qu'il fût toujours debout. Je touchai sa poitrine et l'appelai plusieurs fois :

– Lizende! Lizende!

Il ne me répondit pas. Son regard était tourné vers l'échoppe de son père dont la croix rouge était parfaitement visible des deux cents mètres où l'on se trouvait. Des hommes armés de machettes s'y rendaient en poussant leurs cris de guerre. Il se mit à parler tout seul et marcha droit vers l'échoppe. Il devait être devenu fou. Je voulus crier, m'avancer pour le rattraper. Je n'en fis rien. Une tout autre idée me hantait : qu'étaient devenus mes parents ? Je bondis vers chez nous, persuadés qu'ils étaient morts. Non, ils étaient bel et bien vivants, assis au bord du puits, ma mère en pleurs et mon père essayant maladroitement de la consoler.

– Je croyais...

– Tu croyais qu'on était morts! m'interrompit mon père. Non, ce sont les Gisimana qui gisent au milieu de leurs bœufs. Tu sais, les vachers qui ont leur enclos à l'autre bout de mon champ! Des gens sont sortis des fougères pour les découper dès que cette horrible détonation a eu lieu. Alors, je me suis précipité ici pour voir s'il ne vous était rien arrivé. Les Gisimana, ils avaient de la sympathie pour le FPR. Nous, on ne s'est jamais mêlés de rien. Rien ne nous arrivera. Nous n'avons qu'à rester ici.

– Mes enfants ! gémit ma mère. Ils vont tuer mes enfants !

– Tes enfants, ils sont chez la Blanche. Qui osera toucher à une Blanche ?

Je m'assis à mon tour sans lâcher mon cerf-volant. Mon frère, mes sœurs, je n'y avais pas pensé. J'avais envie de me jeter dans les bras de mon père pour le remercier pour son solide bon sens. Jamais, en effet, ils n'oseraient les chercher au couvent des Brésiliennes !

– Alors, je peux ? Une seule gorgée, une seule ! Comprends tout de même que j'en ai drôlement besoin, surtout en ce moment !

– Prends toutes les gourdes qui restent et soûle-toi jusqu'à tomber par terre ! On va tuer mes enfants et toi tu penses à te soûler !

Dans ces cas-là, il ressentait toujours un peu de honte mais finissait quand même dans le grenier où l'on conservait le vin de palme. Cette fois, il n'en eut pas le temps : une voix grésillant dans un haut-parleur nous fit sursauter tous les trois :

– Ici, votre sous-préfet ! Ici, votre sous-préfet ! Je demande à tout le monde de rejoindre l'église. L'armée va vous protéger ! Je répète : l'armée va vous protéger !

*
* *

Dehors, des soldats sautaient effectivement des camions et des Jeep pour se positionner le long de la clôture entourant les étables, autour de l'église ainsi que sous la véranda de l'Italienne. Des gens hagards sortaient de partout pour converger vers l'église. Certains portaient des blessés ou des femmes évanouies, d'autres simplement leurs affaires. L'église était déjà pleine à craquer, nous eûmes toutes les peines du monde pour y trouver une place. Les suivants furent orientés vers la mairie, le tribunal, l'école ou le terrain de football.

Le haut-parleur grésilla une nouvelle fois :

– Est-ce qu'il y a des Hutus parmi vous ? Les Hutus sont priés de sortir. Je répète : les Hutus sont priés de sortir avec leur pièce d'identité !

Une centaine de personnes se bousculèrent vers la porte. Cela fit un petit peu de place même si l'on respirait toujours aussi mal : le peu d'air qui nous arrivait puait la peinture fraîche et l'odeur des corps mal lavés. Le brigadier Nyumurowo mania son fusil pour se frayer un chemin jusqu'à nous :

– Alors, Théoneste, qu'est-ce que tu attends ?

– Tu veux dire, mon ami, que nous pouvons partir ?

– Tu peux partir, toi ! Tu es hutu ou non ?

– Oui, mais je ne partirai pas sans ma femme et mon enfant.

Il fit venir le vieux Funga :

– Explique-lui, toi ! Il n'a pas l'air de bien comprendre.

– Sauve ta peau, Théoneste ! gémit celui-ci. Ne fais pas la mule ! Tu as la chance d'être hutu, profites-en !

– Je veux bien rentrer à la maison mais avec ma femme et mon enfant ! La maison, c'est fait pour ça, non ?

– Ce sont des Tutsis et les Tutsis n'ont pas le droit, répliqua sèchement Nyumurowo.

– Alors, je préfère rester ici.

Il nous regarda tristement, ma mère et moi, et se tourna vers le brigadier :

– Si j'ai bien compris, vous allez tous nous tuer ?

– Tu n'es pas si bête qu'on le dit ! ricana le militaire.

– Je pensais que vous vouliez nous protéger ! On n'a rien fait ! On ne se laissera pas faire !

Nyumurowo lui assena un coup de crosse sur l'épaule. Il vacilla mais ne tomba pas : il n'y avait pas de place où tomber. Les gens étaient serrés dans les annexes, les bureaux, le magasin, les cuisines, les toilettes, entassés dans les travées, juchés sur les rebords des persiennes et au-dessus du confessionnal. On était si serrés que la sueur tombant du front des uns suintait dans les narines des autres. On se bousculait, on s'étouffait, on se piétinait. Cela n'agaçait personne. C'étaient des gestes plutôt doux, des regards pleins d'indulgence. Et le silence produisait le même envoûtement qu'une prière d'action de grâce. Le pleur d'un enfant torturé par la chaleur, le râle d'un vieillard qui demandait à boire – sachant bien que c'était en vain – me faisaient penser aux brusques intermèdes de la chorale pendant la longue messe du dimanche. Ma mère, les mains nouées au-dessus de la tête (c'est ainsi qu'on porte le deuil chez nous), avait le regard fixé sur la veste de mon père, maintenant toute tachée de sang. Je poussai quelques sanglots puis je finis par hurler.

– On se tait ! me dit Nyumurowo en m'arrachant le cerf-volant des mains. Regardez-le, ce petit, il a apporté son cerf-volant !... Tu crois qu'on est venus ici pour jouer ?

La voix d'une femme se fit entendre du côté de l'autel :

– Chef, mon argent et mes bijoux sont cachés dans mon matelas. J'ai une maison en brique et dix vaches laitières. Je t'offre le tout si tu me tues tout de suite. Et avec des balles de fusil, s'il te plaît, pas avec une machette !

– Pour nous, vous êtes tous tutsis, ici. Et les Tutsis, on les tue comme on veut !

– Ça se voit que tu n'as rien compris à la parole des anciens, toi ! s'exclama mon père avec le même sourire de nigaud heureux que quand il se promenait au marché ou qu'il buvait son vin de palme. « Si tu hais un homme, laisse-le vivre », voilà ce que disaient les anciens !

Nyumurowo ressortit sans répondre et, cette fois-ci, il cadenassa la porte.

*
* *

On entendit hurler des ordres. Les vitraux volèrent en éclats, les icônes tombèrent en poussière, des dizaines de cervelles déchiquetées éclaboussèrent le plafond et les murs. Ils jetaient des grenades. Mes souvenirs du génocide s'arrêtent là. Le reste, on me l'a raconté par la suite ou alors cela a rejailli tout seul dans ma mémoire en lambeaux, par à-coups, comme des jets d'eau boueuse jaillissent d'une pompe obstruée. Je ne sais pas qui, de mon père ou de ma mère, succomba le premier. Sont-ils morts foudroyés par une grenade ou achevés à coups de machette et de marteau ? Quand je repris mes esprits, je constatai que leurs corps étaient en morceaux sauf la poitrine de ma mère dont les seins en parfait état dégoulinaient encore de leur sang. Une vieille femme se tenait au-dessus de moi. Elle eut la force de me sourire au milieu des nuées de mouches et des monceaux de cadavres en putréfaction.

– J'en ai sauvé un hier et un autre ce matin, murmura-t-elle. Les deux fois, j'ai bien cru entendre quelqu'un d'autre râler mais j'en étais pas sûre. Seulement, une fois chez moi, je n'ai pas arrêté d'y penser, alors je suis revenue pour en avoir le cœur net. J'ai dû fouiller longtemps, j'étais loin de penser qu'il s'agissait d'un enfant. Tu étais accroché à ta mère comme un nouveau-né et tu lui tétais les seins. Tu n'es pas un homme comme les autres. Tu es né deux fois pour ainsi dire : la première fois, tu as tété son lait et la seconde fois son sang… Mon Dieu, trois survivants et sept jours après les massacres ! Y a toujours de la vie qui reste, même quand le diable est passé !

RÉALISATION : PAO ÉDITIONS DU SEUIL
IMPRESSION : NOVOPRINT
DÉPÔT LÉGAL : MARS 2005. N° 79834
IMPRIMÉ EN ESPAGNE